红星照耀下的童年

赵继明
王治川 ◎ 著

江西高校出版社

图书在版编目（CIP）数据

红星照耀下的童年 / 赵继明，王治川著 .—南昌：江西高校出版社 ,2019.2（2020.7 重印）

ISBN 978-7-5493-6255-4

Ⅰ . ①红… Ⅱ . ①赵… ②王… Ⅲ . ①回忆录—作品集—中国—当代 Ⅳ . ① I251

中国版本图书馆 CIP 数据核字（2017）第 269337 号

出 版 发 行	江西高校出版社
社 址	江西省南昌市洪都北大道 96 号
编 辑 电 话	（0791）88511517
销 售 电 话	（0791）88170198
网 址	www.juacp.com
印 刷	永清县晔盛亚胶印有限公司
经 销	全国新华书店
开 本	787 mm×960 mm 1/16
印 张	11
字 数	100 千字
版 次	2019 年 2 月第 1 版 2020 年 7 月第 4 次印刷
书 号	ISBN 978-7-5493-6255-4
定 价	20.00 元

赣版权登字-07-2017-1319

　　1949年11月，爸爸、妈妈随解放大军南下到达长沙后，爸爸被任命为华中运输公司长沙分公司副经理，妈妈任教导员。新中国宣告成立，妈妈心潮澎湃，她带着我们哥俩和妹妹老四到照相馆合影留念。我们穿着新做的衣服，心里别提多高兴。为了让我俩多穿一两年，新裤子特意做大做长了些。不过，妈妈有办法！她帮我俩把裤脚边卷起，然后让我俩照相时把手插裤兜里，并用手暗暗地往上提裤子，这样显不出裤子长了。嘿，我和哥哥看起来是不是酷酷的，帅帅的？！

1949

照相馆里有两个瓷墩，一高一矮。妈妈让我俩脱掉外衣坐在瓷墩上来张合影。我个子矮，要是再坐矮瓷墩就显得更矮了，于是我选了高瓷墩，让个子高的哥哥坐矮瓷墩。这样，我看上去比哥哥还高了不少呢，心情真不错。

1950年初，临近春节时，爸爸的同事华华爸爸（后排左一抱着我们家老四，带着他的儿子华华（前排居中的孩子），还有我如哥哥一起摄影。我（右一）还是一贯地认真照相，别无二心。可大哥却只顾盯着华华的小分头看，他大概在寻思：这头发怎么从中间分成一条沟的？头发竟然会发亮，真有意思！

1950年9月.爸爸.妈妈转业到了英雄城南昌.从此定居下来.爸爸任中国石油公司南昌分公司经理.妈妈任人事科长.这是第二年拍照的全家福.从左至右:奶奶、老五.妈妈(站在妈妈前面的是老四).老大.保姆.爸爸.我.警卫员叶钟祥.爸爸踌躇满志.气定神闲的样子.胸前还别着中国石油公司的徽章.站在爸爸旁边的我也一本正经样.你瞧.我是不是站得特别直?

就是这年.为了解决南昌市的燃油问题.爸爸带领抗战老兵张荣富.技师饶存修等人连续奋战几个月.用土办法炼完了一千吨原油.解决了南昌用油的燃眉之急.获得了商业部颁发的科技贡献奖.这是值得纪念的一年.

4

在南昌定居后,我和哥哥、老四寄宿在南昌市八一保育院。保育院为了便于清洗和分发孩子们的衣服,在每个孩子的衣服上绣上孩子的名字。照片中,我们兄妹仨上衣左胸口处的白色点点就是我们的名字。哥哥(左一)因为太顽皮,他的衣服总是污迹斑斑,黑皮鞋也被踢磨得泛白了。我(右一)不像哥哥,我很爱惜衣服、鞋子。你看,照片中,我比哥哥干净清爽得多吧。为此,我可自豪啦!

保姆赵德珍在我家做了好多年,她胖胖的,勤劳朴实,很能干,我们都喜欢她!

1953年夏，我成为了一名少先队员，光荣地戴上了红领巾！周末，妈妈带着我和哥哥来到南昌美光照相馆拍照留念。恰逢照相馆里新增了一个"飞机"大画板，只需站在画板后，从开口处伸出身子就会有一种坐"飞机"的感觉，又新鲜又时髦，孩子们都喜欢极了。在我们的要求下，妈妈也同意让我们照一张。虽然只是站在画板后面的木凳上，不会飞也没有真正的云彩，但坐上"飞机"的我们依然开心极了。照片中的兄弟俩笑得多灿烂呀！

6

1953

1953年，我们小学部从南昌市八一保育院搬至南昌市叠山路小学。那年也是我们最后一次和保育院的孩子一起上庐山。妈妈为了照顾我们，利用多年积攒的休假机会也来到了庐山。星期天，妈妈就带我们出去玩。这是我们母子仨在庐山小天池拍的照。白云飘飘，山风习习，登高远眺，鄱阳湖美景尽收眼底。我和哥哥穿着校服，背着学校发的大遮阳帽，和妈妈一起欣赏着秀美景色，内心无比幸福。

1955年夏末，我和同学们从南昌市叠山路小学搬到新建的南昌市育新小学（有了中学部后改为南昌市育新学校）读书。1956年7月，我们班有幸成为育新学校首届毕业班。虽然之后大家分别就读于各个中学，但有机会就会回到育新学校去看看老师和叔叔阿姨们。这是毕业时我们全班与老师在八一公园的留影（后排右三是我）。这张照片留住了我和同学们少年时的美好瞬间。

1959

　　1959年夏，外公外婆从四川来到南昌。全家其乐融融，合影留念。前排左一是邻居家的小朋友，他常喜欢到我家玩，听说我家照相也要跟着照。哈哈，那就一起照吧。

　　前排从左至右：邻居小朋友、老八、老九、老七；中排从左至右：老四、外婆（抱着老十）、老六、外公、老五；后排从左至右：保姆、奶妈、母亲、父亲、哥哥、我。

　　虽然，那时供给制已改为工资制，但保姆、奶妈和我家感情深，愿意留下来帮爸爸、妈妈照顾一大帮孩子。

1962年，老十一已满周岁，除了远北延安的老三外，全家就齐了。爸爸、妈妈带我们去照全家福，照相馆师傅说全体孩子们也排队照一张吧，于是就有了这张照片。

从右至左，老大、老二（我）、老四、老五、老六、老七、老八、老九、老十、老十一。

1966

　　1966年，"文化大革命"开始了。爸爸受到了冲击。我因担心爸妈，从南京回到南昌看望爸妈，于是有了这张合影。很幸运，我家平安度过了这场浩劫。

　　后排从左至右：我、老四、老五、老六。

1979年8月，妈妈到延安参观时谈起当年因大撤退留下了老三，延安当地政府十分重视，安排人员积极寻找，不久就找到了失散三十二年的老三。老三终于来到南昌，回到亲生父母身边。全家人感到无比的欢欣与喜悦，于是到照相馆留影。

前排从左至右：老八、老四、老四儿子、妈妈、我的小女儿、爸爸、老六妻子、我的妻子、我的大女儿；中排从左至右：老三、老大、老七、老九、我；后排从左至右：四川亲戚、老四丈夫、老六、老五、老十、老十一。

老三回来了，十一个兄弟姐妹齐全了。我们一个个喜气洋洋的，因为从今往后，来了客人、亲戚、朋友，向他们介绍家人时，再也不会被问道："还有老三呢？"

前排从左至右：老大、我、老三、老四、老五、老六；后排从左至右：老七、老八、老九、老十、老十一。

为了将父母亲既平凡又不平凡的红色人生记载下来，我退休后开始创作介绍父母革命历程的《追寻红星的足迹》一书。期间，我于2012年6月赴延安进行实地考证。

站在这生我养我的黄土地上，凝望着笔直的康庄大道、南来北往的车辆和川流不息的人流，聆听着时隐时现、倍感亲切的陕北音乐和方言。我尽情地吮吸着这里既熟悉又陌生的气息，感受着车辆疾驰引起的大地震动，完全沉醉在延安母亲的怀抱中……

前　言

二十世纪四十年代，我出生在陕西延安，父母都是红军战士。

很多年前，我曾想把父母的故事记录下来，以纪念他们的革命生涯，弘扬他们的优良革命传统。但因为种种原因，没能实现。退休后，这个想法又冒出来了。我与我的外甥王治川（他是一位诗人）谈及此事，得到了他的鼓励和支持。于是，一生从事科研技术工作的我，开始了艰辛的笔耕。

为了收集写作素材，我与王治川共赴延安实地采风，走访旧址，拍摄实景，丰富史料，又查阅有关红军长征、西路军征战、八路军印刷厂变迁的资料和纪实作品，并经过两年半的撰写和反复修改，终于，《追寻红星的足迹》一书 2013 年在江西人民出版社出版。

《追寻红星的足迹》的创作，引起了我对自己人生的审视。作为大家眼中的红二代，我的人生并不顺利，经历了很多挫折、困难和磨难。但回首过往，我很欣慰，因为我奋斗过，并且胜利过！在家人的支持下，尤其是在王治川的帮助下，我的自传《红星下的生命树》2016 年在江西高校出版社出版了。

江西高校出版社的编辑建议我将两本书中的一些故事改写成适合青少年阅读的小故事，让新时代的孩子们深入了解战争年代以及新中国成立初期红军战士及其后代走过的不平凡的道路。我也希望我父母的故事、我的故事能让孩子们读到并有所启迪。于是，我开始了这本书的创作。这次，我又拽上了王治川，由他对我的初稿进行了反复修改。

　　在写作过程中，我体悟到创作青少年读物的不易：表达不清楚，孩子会看不明白；叙述故事需要一个由浅入深、由里而外的过程。经过反复修改，我想书稿应该有所进步了。

　　通过我记忆中父辈们充满革命豪情的红色故事和我经历的与同时代普通人家孩子相似的童年趣事，我想告诉大家：我的父母是英雄，也是普通人；我是红二代，也是普通孩子。我深深地爱着我的父母，深深地爱着我的出生地——延安。

赵继明

2018 年 6 月 5 日

目 录
CONTENTS

爸爸名字的故事

我的爸爸叫赵凯轩。你能相信这是一百年前一位四川穷苦农民也即是爸爸的叔公给爸爸取的名字吗？其实,叔公给爸爸取的名字是十分普通的"赵开宣","赵凯轩"是后来周恩来给我爸爸改的名字。这个故事有点长,请听我慢慢说来。

1916年10月20日,爸爸出生在四川省阆中县(现为阆中市)一个上无片瓦、下无插针之地的雇农家中。

所谓雇农,就是你没有任何一寸土地,只有在地主家种地劳动的份,种地长出的粮食也全部属于地主。经地主七算八算、七扣八扣,雇农连一年的口粮都不够数,更谈不上有任何得利。

一年到头,全家人累死累活为地主种地,仍然难以糊口,终年过着缺衣少食的生活。

爸爸出生后不久,爷爷就因病去世了,奶奶因为有点姿色被土匪抢走。在爸爸痛失双亲之后,他那善良的叔叔带着他,继续在地

1

主家当雇农。他们在地主家吃了上顿没下顿，饥寒交迫，勉强度日。

爸爸 10 岁左右时，他的叔叔又积劳成疾，无钱医治，受尽疾病折磨，最后悲惨地死去，只剩下爸爸孤身一人了。在看不到未来的希望的情况下，他仍然在地主家过着衣不遮体、食不果腹的奴隶般的生活，每天被吆喝来吆喝去，忙完地里的活回来，又要忙家务活，挨打受骂、挨饿受冻已成家常便饭；寒冬腊月的夜晚，为了不至于冻死，爸爸就睡在牲口棚内与牛相依取暖。

由于长期营养不良，又劳累过度，爸爸虽然长得五官端正、眉清目秀，看上去还算是个清瘦的俊小伙，但整个人皮肤黝黑、骨瘦如柴，个子也长不高，以至于看上去要比同龄人小好几岁。地主家还给他取了个绰号叫"千年矮"，没人关心他的名字是什么。

但这牛马不如的生活和没日没夜的折磨，反而练就了爸爸坚韧不拔的意志和机敏聪明的头脑。

1933 年，爸爸刚满 17 岁，中国工农红军第四方面军转战到了爸爸老家，爸爸毅然参了军，由奴隶翻身做了主人。

跟随长征部队到达延安后，爸爸分在中央警卫团，不久被分配担任中央军委副主席周恩来的警卫员。

接到命令后，爸爸非常高兴，同时又感到责任重大。他决心尽一切努力，一定要做好做精这项工作。

那天，他穿着整洁干净的军装到周副主席的窑洞前报到，周副主席闻声走出窑洞,非常高兴。原来,是何畏军长向周副主席介绍了爸爸。

何畏是红九军军长,他的脾气比较暴躁,曾换过几个警卫员,但都因为他的暴脾气而待不长,于是调了爸爸去。因爸爸脾气好,不但认真负责、干事麻利,而且考虑问题周全,所以爸爸在给何军长当警卫员期间,深受何军长的喜爱。

当爸爸看到眼前这位平易近人、和蔼可亲、机敏干练的大首长时,崇敬、欢喜之心油然而生。在与首长热烈地握手后,立刻进入到自己的工作角色。

爸爸做事细致、动作快捷、态度热情,很多琐碎杂事不需要领导吭声,他都能主动想在前面、做在前面,周副主席对他很满意。

周副主席对爸爸也格外关怀,常常利用空闲时间与他促膝谈心。从小事情到大事件,从家里到家外,以及参军以来所经历的各个战役、各种事项,他都认真地倾听,并和爸爸分享他的想法和感受。

周副主席督促爸爸努力学文化,告诫他不管是打仗,还是将来搞建设,没有文化知识是不行的。"没有文化,就看不懂地图,辨不明方向,怎样打胜仗? 没有文化,你都没有办法跟家里人联系,还怎么去建设祖国? 怎么去教育下一代? 最起码的是,你连自己的名字都写不好,千军万马中到哪里找你? ……"

有了周副主席的教导,爸爸不仅开始努力学文化,后来还到延

3

安抗大、中央管理局文化补习学校继续学习过,抓紧一点一滴的时间,提高自己的文化程度。

有一次,周副主席与爸爸交谈时,知道"赵开宣"这个名字是爸爸的叔父取的,名字里也没有什么特别的意义。

周副主席说道:"你愿不愿意改个名字,读音听上去基本一样,却很有意义。"

爸爸一听很高兴,赶紧问:"怎么改?"

周副主席说:"改成'赵凯轩'吧!'凯'字意为凯歌、凯旋的意思,象征着胜利;'轩'字为气宇轩昂的意思,说明气节,都很有积极的意义。而且读音听上去也是一样。赵开宣同志,你看怎么样?"

爸爸高兴不已,连说:"这个名字要得!我完全没得意见!谢谢周副主席!"

周副主席非常高兴,和我爸爸一起哈哈大笑起来!

"赵凯轩",一看就是文化人起的名字,带着周副主席的深情厚谊,从此一直伴随着爸爸。

后来中央党校副校长谢觉哉需要一个脾气好、有耐心、精明能干的战士当警卫员,中央警卫团与周副主席商议后,把爸爸调了过去。

之后爸爸又兼顾油印八路军密件的工作,所以八路军印刷所成立时,爸爸就从谢觉哉副院长身边调离了。

1939年7月10日,周副主席骑马到中央党校做报告,突然马

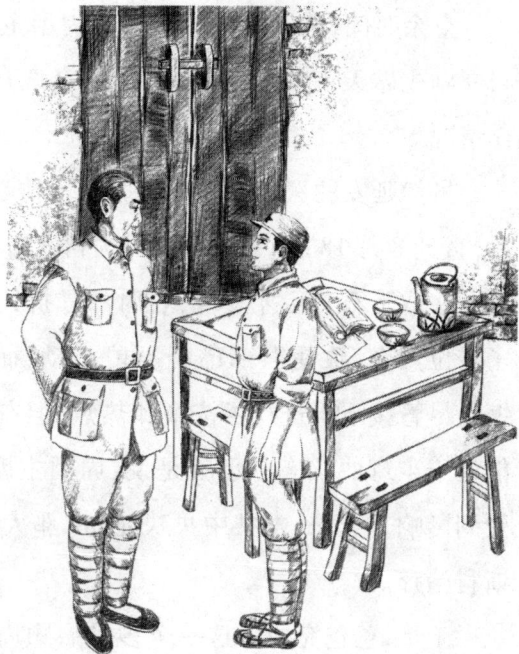

受了惊,猝不及防,右臂撞在石崖上,造成了粉碎性骨折。

这时候,需要一个人照顾周副主席的生活起居。中央警卫团和周副主席商议后,决定立刻将爸爸从八路军印刷所调过来照顾周副主席。

爸爸每天帮着邓颖超大姐为周副主席洗脸、擦身、换衣裤,从来没有因操作不当而弄痛周副主席的右手。也就是这段时间,周副主席不得不放弃了自己盛饭的习惯,让爸爸帮着盛饭。

空余时间，爸爸还是像原来在周副主席身边当警卫员时一样，与周副主席天南海北地话家常，还会谈自己在八路军印刷所的工作情况。

虽然延安的医生给周副主席做了精心治疗，但当时医疗条件落后，直到 8 月 18 日，三位印度大夫再次对周副主席的病情进行了检查。在取下石膏后才发现，右肘部骨折处的愈合很不理想，断骨成了错位愈合，致使肘部已经不能活动，而且右臂肌肉已经开始萎缩。尽管接下来进行了按摩和热敷，但右臂仍然无法伸直，以后只能处于半弯曲状态。也就是说，周副主席以后的工作和生活都会受到影响。于是，中共中央决定，由邓大姐陪同，送周副主席去莫斯科治疗。

于是，爸爸完成了这一个多月照顾周副主席的任务，又回到八路军印刷所继续进行密件印刷工作。

从苦命童养媳到全能女战士

1917年4月15日，在一个暗无天日的寒冷春天里，妈妈吕桂兰出生在四川省广元县（现为广元市）一个极其贫困的农民家中。因为家里实在太穷了，妈妈从小就被送到地主家当童养媳，受尽了非人的折磨和苦难。

妈妈的"丈夫"家非常刻薄、冷酷，许多年来她没有吃过一餐饱饭，没有穿过一件新衣，挨打挨骂也是家常便饭。妈妈常常被地主婆用木棍打得头破血流、遍体鳞伤。

那时候，她每天天一亮就要起来干活。有时因前一天干活到太晚、太累而起晚了一点，就会被婆婆掐醒、打醒，逼她起来倒屎、倒尿、洗马桶，接着要扫地抹灰、洗衣洗鞋袜。这边要服侍"小丈夫"穿衣穿袜、洗脸刷牙、吃饭玩耍，那边要烧开水、端水倒茶；这边要切猪菜、煮猪食、喂猪，那边要翻整菜地、浇水施肥……总之，从来不让她有一刻时间休息。

7

由于人小,妈妈在灶边烧开水时,要站在小凳子上,才能够着锅盖。她曾经被开水烫过,知道被开水烫伤以后的痛苦,所以她特别小心。

在举目无亲的情况下,妈妈有苦无处说、有泪无处洒,常常一个人躲在猪圈旁(她住的地方)暗自流泪:"爸爸妈妈在哪里? 他们是死是活? 他们也不管我了……"

妈妈哭的时候,要尽力压住声音。如果被地主婆听到哭声,不但会引来恶毒的咒骂,还会招来一顿毒打。她知道自己绝对回不了家了,娘家已经是一贫如洗,才把她送出来当童养媳,为了不至于大家饿死在一块。为了不让可怜的父母失望,妈妈只能咬着牙挺下去。

1933 年年初,中国工农红军第四方面军转战到了妈妈老家,并在当地建立了苏维埃政府。为了解救广大被压迫的妇女,战士们通过唱歌、演戏等多种形式来揭露旧社会对妇女的迫害,其中一首歌叫作《丫鬟走出鬼门关》,歌词是这样唱的:

穷人债难还,卖女当丫鬟;
丫鬟多磨难,血汗都流干,都流干;
盼得红军来,红军砸枷锁,
走出鬼门关,丫鬟做主人,做主人!

早已听闻红军队伍的宣传的妈妈,再也按捺不住激动的心情,她毫不犹豫地逃出这个水深火热的地狱,投入到红军温暖的怀抱中。从此,她当家做了自己的主人,走上了为广大劳苦人民翻身求解放的路。许多受压迫受剥削的妇女在革命的感召下,都纷纷走出了家门。有红军撑腰,她们勇敢、大胆地挣脱枷锁,逃出了牢笼,踊跃报名参加了红军。个别已经缠足的妇女也解开裹脚布,不顾一切地投入红军队伍。

在这个革命大家庭里,妈妈第一次感受到了革命同志的关怀和友谊,第一次享受到了自由的幸福和快乐。她下定决心,从此要毫无保留地、全心全意地投入到革命工作中去,永远不回头。

就这样,在一年多的时间里,女红军不断加入,她们很快发展成一个妇女独立团,后来又扩编为妇女独立师,成为一支不可忽视的革命队伍。她们在以后的战争中发挥了不小的作用。

1933年初夏,16岁的妈妈进入妇女独立营,成为一名女战士。为了学会杀敌本领,机灵的她刻苦学习,虚心请教,苦练杀敌本领,很快就学会了使用双枪,而且枪法很不错,成为独立团中为数不多的"双枪女战士"。

1935年3月31日,红军第三十军、第三十一军攻打剑门关,妇女独立团驻守剑阁。在妇女独立团全体战士齐心合力、同仇敌忾的英勇阻击下,击溃了国民党田颂尧所属的一个旅的进犯。经过了这次战斗,部队中都知道了有一位叫吕桂兰的"双枪女战士":她个子不高,但身手敏捷,而且枪法很准。

1935 年 6 月,妈妈在送受重伤的战友去战地医院抢救时,医院院长见她做事麻利,护理工作也很得力,就要求她留下来做护理工作。从此,妈妈就在战地医院当起了护士,全心全意投入到照顾伤病员的工作中。她不分日夜地精心护理和无微不至地细心照料着一个个伤病员。每次在急需血源的紧要关头,妈妈总是主动输血给重伤员。她拼命工作,多次被评为"护理标兵"。

看到兄弟姐妹们都在英勇杀敌、流血牺牲,这让妈妈总会产生上前线杀敌的冲动。不久,在她软磨硬泡下,她又回到了前线。

谁知,妈妈到了前线部队后,领导要求她在英勇杀敌的同时,做一些宣传、鼓动工作。于是,部队中出现了一个既能拿枪参加战斗,又能用歌声和快板鼓舞士气,还能随时包扎救护伤员的女兵。

1937 年,随后勤总队到延安后,妈妈分配到延安被服厂工作,为迅速壮大的革命力量添置衣物。

1938 年,妈妈又调到中央军委三局通讯班当报务员。她凭着"啃硬骨头"的精神,苦背密码本,不久就能适应发报、收报工作了。为此,她还经常受到邓颖超、康克清等大姐的表扬和鼓励。

在收、发报过程中,妈妈认识了在八路军印刷厂负责密件印刷工作的爸爸。彼此兢兢业业、认认真真的工作态度,让他们互相产生了好感,并且感情越来越深,最后调到一起工作并成了革命夫妻。

谢觉哉为我父母证婚

1941年10月的一天，爸爸妈妈一同到中央党校副校长谢觉哉家里拜访。聊着聊着，谢觉哉、王定国夫妻俩就谈到了爸爸妈妈的婚事。谢觉哉说："依我们看，你们两个是志同道合的战友，也是四川老乡，可以说是天生的一对。现在你们年龄到了，职务也符合条件，又调到了一起工作，可以说应该结为夫妻了。如果你们同意，就早点把婚事办了。我们俩愿意做你们的证婚人。"

爸爸妈妈虽然感到有点突然，但是心里很高兴，不过他们还是表示要以革命生产为主，现在谈婚论嫁还太早了。

"不早！不早！要不是打仗，你们早几年就可以结婚了。"王定国说。

谢觉哉说："结婚就影响生产了？告诉你们，将来你们成为夫妻后，首先，你们之间还是同志关系，政治上、思想上还是要互相帮助、互相促进；同时，你们之间还是朋友关系，在以后的工作和学习

中,互相鼓励、互相支持、互相帮助;再者,才是爱人和夫妻关系,在生活上要互相照顾、互相体贴。这才是真正的革命伴侣!"

王定国拉着他俩的手说:"就这么定了,我们还想你们多生几个儿子打鬼子呢!"

爸爸妈妈被说得满脸通红,最后表示尽快举行婚礼,并一再感谢两位老领导的关爱。

就这样,两人回到厂里后,立刻向厂里申请结婚并很快得到了批准。

大概过了一两周,厂里利用工余时间,挖好了一个新婚窑洞,里面用白石灰粉刷一新,又用一些彩条纸简单做了一些布置。

在一个休息日,爸爸妈妈在厂里的大礼堂举行了婚礼,喜结连理。主持人是八路军印刷厂厂长陈钧,证婚人是从中央党校请来的谢觉哉、王定国夫妻。

王定国拉着妈妈的手说:"我俩来这里之前,周副主席叫我们带个口信过来,本来他与邓大姐也准备同我们一起前来,但由于要参加重要会议,就不能来参加你们的婚礼了。要我俩代表他俩向你们结成革命伴侣表示祝贺。希望你们能共同奋斗,为革命做出更大的贡献,还希望你们早生贵子,白头偕老。等以后有机会,他们再来看望你们。"

一阵喜庆的鞭炮声欢天喜地宣告婚礼举行,没有生产任务的职工都来了,村子里的乡亲们也都喜气洋洋地聚了过来,很是热闹。

陈厂长先向同志们做了婚礼的内容安排和对新婚夫妻的简单介绍,然后请谢觉哉首长作证婚发言。谢觉哉首长笑容满面地走上台致辞:

　　今天,是红军战士赵凯轩同志和吕桂兰同志结为夫妻的大喜日子,首先我带来了周副主席和董必武校长对他们的新婚祝贺!

　　过去，他们都是从四川走到革命队伍中、跟着红军长征的红小鬼，都是革命同志，一切为了革命、为了打败日本侵略者，一切为了全中国人民的解放、当家做主人；在工作和学习中，他们成了战友，互相学习、互相帮助、共同进步。今天，他们又成了亲密的革命伴侣，组成一个崭新的革命家庭，在生活中将互相照顾、互相关心，他们是中国革命发展、壮大的见证！

　　如今，我们要赶走日本帝国主义，摧毁旧世界，建设一个民主、自由的新世界；未来，我们的后代就可以在新中国幸福地学习、生活。在此，我们衷心祝福他们为革命早生贵子、多做贡献！

　　…………

　　一场红军战士的婚礼，在热闹而喜庆的气氛中圆满地落下帷幕。

　　婚后，爸爸妈妈没有太多的时间卿卿我我，他们努力工作，一心想着为革命多做贡献。他们始终记得首长谢觉哉对他们的告诫：政治上是同志，志同道合；工作、学习上是朋友，互相帮助、共同进步；生活上是伴侣，相互照顾。

八路军印刷厂的故事

爸爸妈妈是在八路军印刷厂认识并相恋的,后来又一起在那里工作、战斗。他们在八路军印刷厂里(包括后来到中央印刷厂)工作了近十年。转业到南昌后,他们离别了亲密的战友们,可心里一直深深地挂念着印刷厂,常常给孩子们讲八路军印刷厂的故事。

1937 年 1 月 10 日,中共中央全部进驻延安。1938 年 7 月,中央军委决定办一个八路军印刷所,有印刷经验的毛远耀负责筹办印刷厂。在爱国人士的大力资助下,毛远耀辗转多地,秘密采购了一批印刷设备和印刷材料,并招聘了铸字、排字、印刷等各方面技术工人几十名。

1938 年 12 月 2 日,八路军印刷所正式成立,厂址设在延安旁边的安塞县纸坊沟村。全体职工都是按照部队建制进行生产和开展军事训练。

八路军印刷所成立之前,爸爸在中央党校担任谢觉哉副校长的

警卫员,同时肩负油印密件的任务。八路军印刷所成立以后,爸爸正式调入八路军印刷所工作,继续负责密件印制工作。1939年七八月间,妈妈从中央军委三局通讯班调过来了。

1940年12月2日,八路军印刷所成立两周年之际,正式改名为八路军印刷厂。全厂职工人数已经达到一百六十人。他们印制《八路军军政杂志》《连队生活报》等报刊,出版马恩列斯和毛泽东的著作,还要印刷《孙子兵法》《士兵之光》等供干部、战士学习的各种教材;承担中央军委和八路军的所有文件、宣传标语、传单、公告、训令、战绩公报及密码文件等的印刷,还负责印制军用地图。当时,厂里的排字量已达到八百多万字,发展极为迅速。工人们工作时,喜欢唱《八路军印刷厂厂歌》(杨潮作词,冼星海谱曲),激励自己努力工作,克服一切困难完成生产任务。这期间,发生了许多感人的故事。

一次,一二〇师副师长萧克①来到八路军印刷厂,想到车间参观一下,顺便找我爸爸领几张军用地图急用。

门卫老秦不认识萧克,对他盘问得格外仔细。因萧克副师长来得匆忙,没有带证件,更谈不上介绍信等,所以任凭他怎么解释,老秦就是一百个不行,甚至不客气地对他下了逐客令。

没有办法,萧克忍着气,请门卫把厂长叫来。当厂长陈钧出

① 萧克(1907年7月14日—2008年10月24日),1955年被授予上将军衔和一级八一勋章、一级独立自由勋章、一级解放勋章。

来,看见来访者竟然是战功卓著、英名远扬的一二〇师副师长萧克时,连忙上前迎接,门卫老秦急忙道歉。这时,萧克副师长不但一点也不生气,反而笑容满面地称赞门卫恪尽职守,值得表扬。

从爸爸处领到军用地图后,萧克副师长又夸赞印制的军用地图既准确又精致。

还有一件关于毛主席手稿的趣事。

一位叫刘立夫的拣排字工人,文化水平比较低。他在拣排毛主席著作时,觉得毛主席的手稿有些字比较草,很难认,常常需要请教他人,导致他拣字速度慢,还容易出错。因此,刘立夫免不了会发些牢骚。

刘立夫的牢骚话,不久传到了博古耳朵里。博古很快就将这个工人的意见反映给了毛主席。

毛主席得知工人的抱怨后,哈哈大笑,他很爽快地承认了自己的字写得太快、写得太潦草,并请博古转达他对印刷厂拣排字工人的歉意;同时,表示今后每天写两张正楷字,使自己写的字尽量好认一些,降低拣排字工人的工作难度。

后来博古把毛主席的态度在民主生活会上转告给了大家,并转达了毛主席对大家工作的肯定和感谢。排字工人们听了都非常高兴,尤其是刘立夫,他激动地表示以后要加强学习,努力提高自己的文化水平和识字能力,把拣排字工作做得更好。

八路军印刷厂全体职工的辛勤劳动,得到了党中央的充分肯定,当时总工会后勤部长叶季壮、政治部主任胡耀邦,给全厂职工写了一封慰问信,其中写道:

……你们获得的这些成绩,是你们对党、对工人阶级、对抗战的无限热爱和忠诚。

你们的工作,是很伟大的。经过你们的双手,创造出大量印刷品,送往全国每个战区的各个角落,从思想上武装了全党和全体抗战人民,增强了抗战的力量。这种血汗功劳,与前方战士所流洒的血,具有同等价值。

1941年12月2日,八路军印刷厂建厂三周年,中共中央和中央军委、各个部门首长、各兄弟单位都送来字匾、题词或锦旗表示祝贺。

朱德总司令的题词是:"你们的印刷厂,等于十万支毛瑟枪!"

1943年至1949年全国解放,八路军印刷厂为中国革命做出了卓越贡献。

八路军印刷厂经历精简整编,辗转迁移,从延安到东北,再到武汉,最后扎根到广州;从"陕甘宁晋绥联防军政治部印刷所"到"中国人民解放军中南军区兼第四野战军政治部印刷厂",再到"中国人民解放军七二一五工厂",前些年又改为"广州华南置业有限公司",不断发展壮大。

2017年5月初,华南置业有限公司鄂银科董事长将他们摄制的《七二一五红色展厅》中各个展室、展板、展柜的十八张照片转给了我们,每张照片、每段文字都表达了他们热爱八路军印刷厂、崇敬革命前辈、传承和弘扬红色历史文化的革命精神和心血。

这一切,让我们看到:八路军印刷厂老一辈的心血没有白费,延安精神仍在发扬光大。

19

  爸爸妈妈离开八路军印刷厂，又从中央印刷厂调出后，从东北起就在四野工作，后来一路辗转南下，直到 1950 年转业到南昌工作后才安定了下来。若是他们知道现在八路军印刷厂的革命事业后继有人，一定会无比欣慰的！

八路军印刷所机器股全体战士合影

我是延安娃娃

随着革命的发展壮大，有不少红军夫妻都养育了后代。1942年7月20日，妈妈在延安医院生下我哥哥，取名赵黎明。1942年9月，爸爸妈妈从阎家湾八路军印刷厂调往清凉山中央印刷厂。1944年3月8日，我在延安医院出生。我和哥哥被安置在中央印刷厂托儿所，妈妈每天上午、下午定时去给我喂一次奶。从此以后，我们兄弟俩就在马背摇篮中跟随父母南征北战。

每逢节假日或爸爸妈妈下班休息时，我和哥哥就被接回到爸爸妈妈住的清凉山窑洞，一些叔叔阿姨会前来看望并逗我们玩。我则经常从一双手上被传到另一双手上，不时被红军叔叔的胡茬扎得"咯咯"直笑。

我学会走路后，就和哥哥一起被送到延安保育院。节假日，爸爸妈妈会接我俩回家。就这样，我在革命圣地——延安，这个自由自在的和平环境里茁壮成长着。

　　我见证了爸爸妈妈和叔叔阿姨们在日寇飞机轰炸下，保护人民生命财产和生产物质的战斗场景；看到了他们在昏黄的油灯下努力生产、发奋认字读书的身影；看到了他们的三件套服装：冬天穿三套当冬装，春秋两季穿两套当夹衣，夏天穿一套当单衣的困境。

　　我们在保育院里，白天有老师带着学习和活动，受着良好的革命传统教育，晚上也有老师守夜值班，衣、食、住、行、教都是按照保育院的规定执行。

　　我和哥哥经历了延安大生产、日寇投降、延安战略大撤退，也目睹了人民解放军南征北战、胜利大反击，最后迎来了全中国人民欢天喜地的大解放……我们这一代彻底改变了命运，要感谢中国共产党和毛主席带领着全国人民翻身做了自己的主人。

延安保育院的幸福时光

在那个充满战火与硝烟的时期,我很幸运在延安保育院度过了近三年平静、幸福的日子。

当年,因战事紧张,很多干部、战士无暇照顾孩子,加上烈士遗孤越来越多,1938 年,中共中央在安塞县白家坪村创办"陕甘宁边区儿童保育院"。由于经常受到敌机的轰炸,不久,保育院迁至李家洼村白家沟,并更名为"延安保育院"。

我在保育院时年龄还小,有些记忆比较模糊,但是通过大哥哥大姐姐们的描述,我的记忆逐渐清晰起来。

保育院里设有乳儿部、婴儿部、幼稚部和小学部(后来小学部被迁到安塞县白家坪去了,简称"保小")。

延安保育院设在山边。靠山边有一个大操场,操场旁边是一排窑洞,窑洞之间都是相通的。

其中一些窑洞是供孩子们住宿用的,里面靠墙摆满了四周有栅栏格子的小床,床上放着折叠整齐的小被子。

另一些窑洞是上课的教室。教室里的陈设很简单,除了整齐地摆放着几排简陋的小桌子和小凳子之外,还在墙上贴了一些红色、绿色和黄色的标语。

我刚进保育院的时候,不识字,不知道这些标语是什么意思,只觉得好看。后来学习一段时间后才知道,那是红军主要领导的一些题词,其中有:毛泽东题写的"儿童万岁"、周恩来题写的"革命娃娃万岁"、朱德题写的"耐心培养小孩"。这些题词,表达了老一辈无产阶级革命家对革命后代的重视和期望。还有一些题词,如毛泽东的"好好的保育儿童"、洛甫的"未来的希望"、张闻天的"保育革命后代"、林伯渠的"新的战士在孕育中"、吴玉章的"培养我们的新生力量"、徐特立的"保证儿童身心平衡发育"等。这些题词先是篆刻在石板上,然后再镶嵌到窑洞外壁上方。至今,它们仍然珍藏在延安革命纪念馆内。

孩子们住宿的窑洞的外面,有个长条形池子,里面摆放着几个脸盆。大点的孩子放水到脸盆里,自己洗脸洗手;小点的孩子则由老师们负责洗脸洗手。水是炊事班叔叔从山下的延河里挑上来的。水挑上来后,倒在池子边一个大点的木桶内;木桶下面装了一根小水管,控制放水。

上课的时候,老师主要是讲一些寓言故事、革命故事,教唱一些儿歌和革命歌曲,培养孩子们的爱国主义、集体主义观念,培养

孩子们遵守纪律、热爱劳动、团结互助、尊老爱幼的优良品质，让孩子们从小树立热爱党、热爱祖国、热爱人民的思想。

老师教唱的歌曲，我至今记忆犹新。

《吃饭歌》告诉我们"粒粒皆辛苦"，每一粒粮食都是农民辛辛苦苦种出来的，要求我们爱惜稻米，一定不能浪费；吃东西的时候要细嚼慢咽，不要讲话，不要嘻嘻哈哈；所有的饭菜都要通通吃光，可以壮头、壮手、壮全身，等等。

《爷爷为我打月饼》里唱到"爷爷为我打月饼呀，爷爷待我亲又亲呀，我为爷爷唱歌谣，献给爷爷一片心呀"，唱出了军民一家亲的真切感受，培养我们对老红军的革命感情。

《歌唱二小放牛郎》用叙事的手法生动地介绍了王二小的英雄事迹。歌词内容丰富，激发了我们对敌人的无比愤恨和对英雄少年王二小的怀念和热爱，不少孩子唱着唱着就大声痛哭起来。王二小的勇敢和坚强、无私无畏和不怕死的革命精神，永远记在我们的心中。

还有《小酸枣》《小豆豆，开花花》《小星星》等歌谣，都是教育我们树立不怕艰苦、克服各种困难、积极向上的意志和决心。

除了上课，保育院的孩子们还有丰富的课外活动。

窑洞前面是一个操场，操场上安放着几种儿童游乐设施，都是用木材自制的简陋的滑梯、秋千、跷跷板等。天气好的时候，老师会带领孩子们到这里来玩耍、晒太阳，经常玩的有"丢手绢""跳绳"

"踢毽子""老鹰抓小鸡"等游戏。

每当山上野花开放的时候，老师就会带领孩子们上后山去爬山。她在腰上系上一根长长的稍粗一些的绳子，孩子们则拉着绳子一个一个慢慢地上山。老师一面留意着路面，一面关照着孩子们，有的时候还回过头来倒退着走，不断地给孩子们讲些鼓劲的小故事，或念些小儿歌。到了山上一个较平坦的地方后，老师会允许大家采些野花、树叶等，但坚决不准孩子们靠近山边。

从山上可以看到一些在山后面开荒种地的叔叔阿姨们，老师会跟孩子们讲山后面的情况，让孩子们知道这是叔叔阿姨在为保育院栽种农作物。孩子们一边晒太阳，一边听老师讲故事、唱儿歌或童谣。

大概玩了一两节课的时间后，老师就开始带着孩子们下山，同样要孩子们拉着自己腰上的绳子慢慢下。这时的孩子们，有的手上抓着几把野草，有的头上插着几朵野花，一个个不停地叽叽喳喳地说着话。老师会要求大家注意安全，不要打打闹闹。

孩子们吃饭的地方，是在这个大操场下去几个台阶的另一个院子里，那里有伙房和食堂。吃饭的时候，每个小朋友身上都穿一个白布做的小围兜，以免弄脏衣服；小饭桌上，每个孩子的面前放着一个小盘子和一只小碗，分别盛着饭、菜。由于菜少饭多，阿姨要求大家每吃两口饭，再吃一口菜。

有些孩子吃饭的时候挑食，或者用手去抓饭菜，或者去挑拣别

的孩子盘子里的菜，还有少数孩子吃不完饭菜造成浪费，老师立刻会严肃地进行批评和说服教育。

吃饭的时候，老师要求大家安静，不允许讲闲话，更不许嘻嘻哈哈、下位追追打打。

在延安保育院，小朋友们有大米饭吃，经常还有各种蔬菜、蛋和少量的肉吃,有时还会发个小青果吃。但是,星期天,我们在爸爸妈妈单位上只有玉米渣或者小米吃。我深深地体会到:我们在延安保育院所受到的关爱,是多么宝贵,多么来之不易。

到了夏天,为了熏走蚊子,窑洞里一般会点着一条艾绒,淡淡的艾叶味,可以赶走蚊子。

天冷时,为了不让孩子尿湿被子和褥子,值夜班的老师会定时叫醒几个会尿床的孩子起来小便。即便这个孩子迷迷糊糊、懒懒地说"我没有,我没有",但老师也要他解完小便后才能让他继续睡。实际上,每次他们都能尿出来不少。我很庆幸自己从来没有尿过床,就不会在冬夜里被叫起来小便。

尽管在保育院过得很开心,但我们还是非常期待周末和爸爸妈妈在一起。每个星期六的下午或者是节日的头一天,孩子们都会聚在大门口旁边,眼巴巴地望着门外,盼着能早些看到自己的父母,或者如同亲人一样的叔叔阿姨来接自己。能和最亲爱的亲人在一起玩一天,那是多么开心的事呀!

我爱你，亲爱的延河

在旷静无垠的延河上
云海苍茫得像编年史
我们写下闪光的姓名
字迹立刻化作了岩石

出生在延安的我，永远忘不了延河。

那时的我，虽然还是一个小娃娃，但是依然清晰记得跟着大哥哥、大姐姐在延河边尽情嬉戏时的喜悦。对孩子们来说，那是一个广阔的世界。

春天的延河，岸边杨柳依依，柳絮轻如飞花随风飞扬；岸上开着粉红色的桃花、白色的梨花，倒映在水面上形成了一片花的海洋，煞是好看。泛黄的春水，永不停歇地唱着谁也听不懂的古老歌

谣,欢快地流向远方。

　　老百姓将延河水挑回家后,一般要放一段时间,等泥沙沉淀了再饮用。单位上用的水比较多,则会在水中放点明矾,泛黄的水一会儿就清澈见底了。

　　有时,我们会在延河的河滩上挖一个不大的坑,坑里会慢慢现

出水来。水那么清澈透明，用双手捧起送到嘴里，哎呀，真甜！我们会垒起三个沙石包，代表延安的清凉山、凤凰山、宝塔山。我们用水浇散沙石包，表示它们被敌机炸毁了。但很快我们又堆成了"三座山"，表示我们的三座红军之山永远屹立不倒。

延河里没有鱼，只有一种小泥鳅，在大雨后导致山洪暴发时，这种小泥鳅往往就会滞留在河边的积水洼中。我们只要不怕辛苦，多跑几处水洼，在水洼里搜寻一番，总会有点收获。将小泥鳅拿回家，让大人剖开洗净，外面再裹点面粉，油煎一下，就可以解解馋了。

夏天，一些会游泳的战士，午后或者黄昏时会到延河里游泳，小孩子们也趁机到河边去凑热闹，泡泡凉水澡或打打水仗。我们只会简单的"扎猛子"，再弄几下"狗爬式"，但玩得不亦乐乎，不时发出一阵阵欢快的笑声和水花相溅的声音，甚是惬意。

玩累了以后，我们还会一起趴在水边，舒适地泡在凉凉的水中，两手撑着头，有滋有味地看着岸边。岸边，战士们正在意气风发地练习刺杀、排队列操练和投掷手榴弹。

到了晚上，在阵阵的蛙鸣声中，萤火虫会画出一道道时明时暗的线，此时的黑夜便有了一种神秘的气息。孩子们喜欢捉几只萤火虫放在小玻璃瓶中，系上绳子晃圈圈玩；玩一晚上后，第二天再放飞。

碰到大暴雨，延河就像变了脸似的，阴沉沉的。山洪来时，老乡们来不及收拾的家具,来不及躲避的牛羊,就会被翻滚的浊浪毫不留情地冲走。

一天,年轻的八路军印刷厂的抗日干部白尚德外出办事,回来时看到滚滚河水中有冲下来的牛羊,非常心痛,来不及多想的他,仗着自己懂点水性,一下子跃入奔腾向前的延河洪流中,试图救回牛羊。

跳入河后,白尚德才知道延河的风有多高、浪有多大!白尚德被滚滚浊浪推得一下子跃到高处,一下子跌到谷底,根本控制不了自己,更谈不上救牛羊了。

还好,眼明手快的白尚德抓住了一根顺水漂下来的大木头,迅速骑了上去。就这样顺水漂了几十里路,一直到安塞县下方的一个拐弯处,水势缓慢了下来,白尚德才艰难地爬上延河岸。

到了秋天,常常有一层薄雾笼罩着延河,等雾散去,延河水面上则倒映着蔚蓝的天空和朵朵白云。看着飘动着的白云,听着不时传来的阵阵大雁叫声,我们不禁遐想:要是没有战争,没有杀戮,没有剥削压迫,这世界那该多好呀!

到了冬天,延河的河面上结了一层厚厚的冰,河滩上白雪皑皑。大人们有的穿着冰鞋在冰面上滑行,有的穿着用两块小木板、几根粗铁丝或者几根钢筋自制的土冰鞋在冰上滑行;孩子们则坐在用大木板和粗铁丝自制的滑冰车上,在冰面上滑来滑去,欢快舒心的笑声传遍河面。

这时人们要用水,就必须在冰面上凿开一个洞,根据洞口的大小,用木瓢舀水或者直接用水桶提水。取出的水晶莹剔透,看着就喜人。

延河的波浪,充满诗情画意;延河的故事,美丽动人……它们将永远铭刻在我的心中。

神奇的手影

你的回忆是亮光、是烟云、是一池静水
傍晚的红霞在你眼睛深处燃烧
秋天的枯叶在你心灵里旋舞①

我出生前后,爸爸妈妈一直在景色秀美的延安清凉山上的中央印刷厂工作。每当节假日,我和哥哥从延安保育院放学,就会被警卫员叔叔接到爸爸妈妈在清凉山的窑洞里来。

只要我兄弟俩回来,就会有许多下了班的战士们到我们窑洞来玩,他们喜欢抱抱我们,亲亲我们,逗我们笑。他们之间则交谈着,一个个热情洋溢、喜笑颜开。看到他们兴高采烈的样子,我们俩也跑来跑去,高兴地叫着"叔叔""阿姨"。

记得有一次,我看到了一件非常神奇的事。直到现在,当时的

---

① 作者:智利著名诗人聂鲁达,获 1971 年诺贝尔文学奖。

情景还不时会呈现在我眼前,历历在目。

那是 1946 年 6 月下旬,国民党反动派在完成对革命根据地的战争准备后,公开撕毁了原来签订的国共两党停战协定,突然间向我方解放区发起大规模的进攻,悍然发动了全面内战,我党和人民军队奋起迎战。在人民解放军的英勇抗击下,八个月的时间里,我党和人民军队共消灭敌人 70.8 万人,彻底挫败了国民党的全面进攻。

在一个节假日的晚上,战争前线传来了一个捷报:前线的一场包围战中,红军打了一个大胜仗。许多红军战士在我家窑洞里,高兴地交谈着、议论着前线传来的战斗喜讯,有的战士还拿着刚印出来的《快报》互相传看着。

这时,有几个战士在炕上放油灯的小桌子上,用剪刀、白纸不知道在鼓捣着什么东西。不一会儿,他们用一张衬了白纸的报纸挡住油灯的三个面,上面也用一张报纸盖住。这样,就把油灯的光亮集中到了炕前面刷白了的墙上。灯火虽然不亮,但灯光集中照在一个面上,加上又有白纸的反射,很是醒目。

过了一会儿,照射在墙上的灯光中突然出现了一个头戴斗笠、手拿锄头的劳动者的身影;同时,在一位战士的领唱下,大家合唱起了《军民大生产》:

解放区呀么嗬嗨，大生产呀么嗬嗨。

军队和人民西里里里嚓啦啦啦嗦啰啰啰哒，齐动员呀么嗬嗨；

…………

为抗战呀么嗬嗨，大生产呀么嗬嗨，

军队和人民西里里里嚓啦啦啦嗦啰啰啰哒，齐动员呀么嗬嗨；

…………

又能武呀么嗬嗨，又能文呀么嗬嗨，

人问我什么队伍，一，二，三，四！

——八路军呀么嗬嗨！

…………

唱歌时，战士们的声音洪亮整齐，而且铿锵有力。尤其是在唱到那句"西里里里嗦啦啦啦嗦啰啰啰哒"时，一个个如痴如醉。有的战士还敲着桌子、拍着炕沿，或者是鼓着掌打着拍子，仿佛整个人都沉醉在大生产运动带来的幸福生活中。在唱到"一、二、三、四"时，战士们简直就像出操时一样，歌声整齐、有力、洪亮，把整个窑洞都震得山响。那墙上的"劳动者"也随着这歌声，高高地举起锄头，用力地刨着土地。只看见那锄头一上一下挥舞着，"劳动者"的身体也一弯一直，随着歌声，有节奏地欢快"劳动"着。

看到这种场景，我不禁张大着嘴，惊讶得说不出话来。看看坐在桌子旁边的战士，手上只拿了一根筷子在摆动着，而其他坐着、站着的战士们都在手舞足蹈；再看看墙上，确实是有一个活生生的劳动者，在奋力地挥动着锄头。

这是怎么回事？太神奇了！太不可思议了！

这时，战士们又唱起了《兄妹开荒》《解放区的天》《南泥湾》等革命歌曲，墙上的"劳动者"也不知疲倦地继续挖着地。

唱完这些歌后，大家就开始谈天说地了。

利用这个空隙，我赶忙挤到了炕桌前面，问那位一直微笑着的战士："叔叔，刚才墙上的人是怎么变出来的？"

战士看到我很惊奇的样子，马上笑嘻嘻地给我展示：

他把桌面上所有用过的道具拿起来，先将一张三角形的白纸片用口水黏在一根筷子的一端；然后又将旁边一张折了边的大一些的三角形纸片拿起来，在折了一下的那条边上，舔上一点口水，黏到手背上；接着又把衬着白纸的报纸挡住油灯后面三个面的光，上面也用报纸遮盖住，马上用手摆了个姿势。

这时，我立刻又看到了刚才那个戴着斗笠的"劳动者"。

"劳动者"随着战士的哼唱上下挥动着锄头，活灵活现，神态逼真。

我再回头看看战士，确实只有贴着纸条的筷子和黏在他手背上的三角形纸片。

这真让我目瞪口呆！

战士看到我一脸茫然的样子，兴奋得哈哈大笑起来。他放下筷子，取掉手背上的纸块，然后把两只手对握起来，墙上立马出现了一只竖着两只耳朵、张开嘴汪汪叫的"狗"，那狗叫声是战士学着叫的，但配合起来栩栩如生。

后来，战士又把两只手的大拇指交叉在一起，然后四个手指并排向两边张开，不停地弯曲靠拢的四指，映到墙上，俨然就是一只

不断扇动着翅膀、上下翻飞的"老鹰"。再换个动作，又出现了一个人头部的侧面像，这个人头会眨眼，会张嘴说话，还会吐舌头，活灵活现。

那天晚上，等战士们都走了以后，睡在炕上的我还不停地用手在墙上模仿着做各种形状的影子，虽然不能像灯光集中时那么清楚，但手离墙近一点，还是可以看得出手摆弄出来的样子的。经过不断地摸索，从完全不像到有点像，从模仿成功一种到两种，我对手影的兴趣越来越高。

就这样，我不停地比画，一直累得筋疲力尽才模模糊糊睡去，一晚上都做着手影的梦。

第二天，在日光下，我还孜孜不倦地对着墙或地面，玩着手影，乐此不疲。

延安窑洞里的手影，随着岁月的逝去，仍深深地印在我的脑海中，萦绕于心，终生难忘。

延安的天，明朗的天

1936 年 12 月 18 日，中国共产党正式进驻延安，延安和平解放。从此以后，在陕甘宁边区人民眼里，延安象征着和平，象征着幸福，是人间天堂。哪怕前有日寇飞机的轰炸，后有国民党美式飞机的轰炸，都动摇不了解放区人民对延安的依赖和热爱。

延安常常举行盛大的全民庆祝节日活动，这些活动充分反映出解放区人民乐观向上的精神面貌，展示了解放区人民甜美幸福的生活。那也是我最快乐的时候，因为我可以跟着哥哥姐姐们尽情地嬉戏。

节日里的延安，成了欢乐的海洋。我们手里攥着几颗甜甜的糖果，去各处穿梭游玩。所到之处，都是热闹非凡、载歌载舞的军民联欢场景。

看，秧歌队的叔叔、大伯们头上扎着白毛巾，身上穿着粗布衫；阿姨、大婶们在防寒的厚衣裳外面罩上漂亮的花布衫或喜人的红

布衫,圆鼓鼓的,加上涂成大红色的脸蛋,有趣、可爱极了。他们用双手使劲地挥舞着红布条,扭着大大的秧歌步,不时吸引得旁人也加入扭秧歌的大队伍中。

接着,舞狮队过来了。先是一阵震天动地的锣鼓声,将大家的目光齐刷刷地吸引了过去。紧接着,两头摇头摆尾的五彩狮子欢天喜地地跳着舞过来了。人们欢快地叫嚷着,纷纷涌过来围观。

只见耍狮人英姿飒爽,手举着彩球上下挥舞,挑逗得狮子跟着彩球左蹦右跳,抓耳挠腮。狮子敏捷的动作、活灵活现的憨态,得到了群众雷鸣般的欢呼声。人们脸上洋溢着满满的幸福。

紧接着,跑旱船的过来了。这表演的是媒婆带姑娘相亲的故事。我一瞅,发现跑旱船的都是熟识的叔叔阿姨,越发好奇。一个叔叔头上戴着白纸做的斗笠,脸两旁和下巴上挂着长长的"白胡须",脸颊上各画了个红圆圈,手里拿着一个"桨"(在木棍一端钉上一块小木板就做成了"桨"),扮演船夫;另外一个叔叔脸上涂的是白颜料,脸颊上也各画了红圆圈,嘴角画了一颗大黑痣,头上扎块花手帕,再插上一枝花,一手拿芭蕉扇,一手拿一支长烟杆,一副典型的媒婆样;阿姨则是打扮成京剧里的小姐,两只手提着"彩船"(在两根细竹棍上糊上画有船样的纸,像个空心灯笼一样)。阿姨站在"彩船"里面,提起"船舷",两边的"船帮"基本上遮住了阿姨的腿,她迈着小碎步走,旁人看不出是人在提着"船"走。

"彩船"过来时,媒婆站在船头,船夫则走在后面。三个人配合得非常默契,一会儿向前走几步,一会儿向后退几步。船夫往下蹲的时候,媒婆就站起来,表示船头翘起来了;媒婆蹲下去,船夫就站起来,表示船头沉了下去。小姐提着"彩船"前高后低或前低后高地晃动,显示船在前后颠簸;过一会儿,"船"好像是被风和浪推得左右颠簸,不停地摇晃着。那船夫、媒婆和小姐故作惊慌地做着各

43

种夸张的动作和表情,观众们看得忍俊不禁。

紧接着,渔夫和河蚌仙出现了。扮渔夫的叔叔头上戴着一个竹斗笠,脸上贴着用棉花做的白眉毛和白胡须,腰上扎了一根布腰带,胸前挂一块围裙,手里拿着一张可以撒开的渔网,俨然一位老渔夫的模样;一位阿姨打扮成京剧里的丫鬟样。河蚌壳是用竹条编成的,外面画有一条条弧线,两片"河蚌"在中间连在一起,可以像真河蚌一样张合,那位阿姨站在里面,两手分别抓住两片外壳,就成了河蚌仙。

队伍行进到跟前时,只见渔夫用手搭个凉棚,往四周瞭望,终于望到了正东藏西躲的河蚌仙,河蚌仙一开一合,紧张地盯着渔夫。渔夫追逐着河蚌仙,突然将手里的网对准河蚌仙,快速地撒过去,河蚌仙则迅速地躲开了。渔夫收上网来一瞧,空空如也,于是又开始了一场新的较量。经过几个回合,渔夫终于把网撒到了河蚌仙身上,表演就算结束了。

我们一边为河蚌仙提心吊胆,一边又希望渔夫尽快网到河蚌仙,才能有食物吃不至于挨饿。

最后过来的是唐僧师徒四人。只见孙悟空把金箍棒舞得像飞轮一样,而且他还不停地抓耳挠腮、四处张望;八戒挺着个大肚子,扛着九齿钉耙,还故意到女同志面前晃荡,一副贪吃、好色的样子,逗得女观众直拍他的头;沙和尚最忠心耿耿,一路上只顾担着行李,随师父上西天取经;唐僧则骑着一个布帘子做的"马"("马"是用竹条子扎出来绑在演员身上的),左手立掌于胸前,右手不停地转捻着佛珠,口中念念有词,一副不到西天取到真经就誓不罢休的模样。演员们个个演得活灵活现、惟妙惟肖。

看着唐僧师徒,身旁的叔叔感慨道:"在世上要做成一件大事,是多么不容易啊!"我的脑海中也浮现出连环画中以及大人们述说的故事里唐僧师徒在西天取经过程中经受种种磨难的情景。

看完表演,我们又急急忙忙赶到运动场看叔叔们打篮球。看着他们激烈地争夺和碰撞,传球、带球、投篮……篮球发出"砰砰"的响声,直看得我心跳加速、热血沸腾。

我们最后又去看叔叔们摔跤。虽然我看不懂摔跤,但哥哥告诉我,摔跤不光靠力气,还需要有技巧。

看着整个延安城的欢乐景象,看着爷爷奶奶、叔叔阿姨们欢呼雀跃、笑逐颜开的全新面貌,真希望朝朝日日都能如此。

此刻,回想起当年延安人民在节日里的精神面貌,我心中立刻涌现一股力量,脑海中也蹦出了《解放区的天》这首歌,并不禁大声唱起来:

解放区的天是明朗的天,
解放区的人民好喜欢,
民主政府爱人民呀,
共产党的恩情说不完……

45

呀呼嗨嗨噫呼呀嗨，

呀呼嗨呀嗨，呀呼嗨，

嗨嗨！呀呼嗨嗨噫呼呀嗨！

儿童团员和小八路

星星的小眼睛

我向你们保证

你们瞅着我

我永远、永远纯真①

在延安，我和哥哥还特别喜欢去看儿童团员和小八路站岗、查路条。

儿童团的男孩子额头都梳着一小排刘海，女孩子则个个扎着小辫子。他们一般两三个人站在岗位上，紧握着红缨枪，紧张、严肃、认真地盘查着每一个行人。

枪上的红缨似火，枪头的尖尖亮晶晶的，更让儿童团员们感到责任重大。只要有陌生人路过，儿童团员就会要求他出示路条，没

---

① 作者：智利著名女诗人米斯特拉尔，获1945年诺贝尔文学奖。

有路条的人,必须跟儿童团员到村中走一趟。

有的儿童团员在延河边站岗。他们目光明亮,英姿飒爽,纯洁无瑕。延河水在他们脚下潺潺地流过,旁边的羊群如一朵朵白云飘着,煞是好看。

有的儿童团员站在村头的道路旁边。他们站立的身姿如同苗壮成长的小树,显得那样精神。他们唱着红色歌谣:

雄赳赳、气昂昂，

哥哥去把红军当。

我像青松快快长，

要学哥哥握钢枪。

儿童团员的旁边，经常坐着一两位妇女，她们在做着针线活。虽然她们在缝补衣服或者纳着鞋底，但她们都有着极高的警惕性，时时刻刻都在留意着路上的动静。

在每个关键的岗点上，还可以看到小八路。他们比儿童团员年龄要大一些。他们头上戴着一顶八角帽，帽子前方用红布缝着一个红色五角星；上身穿着一件比较宽大的军装，他们的军装有的是大人的，有的是故意做大的，这样长大长高了还能接着穿；腰上扎一根皮带，小腿上缠着人字形的绑腿，脚上穿着布凉鞋（就是用布条做的像凉鞋一样的鞋子）。为了与八路军战士一样，他们的鞋子前头也像八路军新兵一样绑着一个红绒球；鞋后跟上，用红线一边绣着"抗战"两个字，另一边绣着"团结"两个字，很是霸气。

这些成为小八路的大哥哥大姐姐们，个个怀里揣着一本识字课本，一有时间他们就会拿出来学习，很用功。他们说，有了文化知识，才能更好地查看路条，才能更好地干好革命工作，才能更好地提高保卫延安的本领。

小八路们经常集中出操演练。他们肩上扛着小马枪或者是红

49

缨枪,有的还背着一个小军号,挺胸立正,走路转身,看上去毫不含糊的样子,喊起口令来铿锵有力,像老战士一样。缝在布鞋前面的红绒球,随着他们迈步走动,不停地摆动,十分可爱。

我曾经央求小号手表演吹号。虽然他说不能乱吹号,但拗不过我们几个小孩的缠磨,还是轻轻地吹了几个音。有个大哥哥也想吹一下试试,最后在孩子们的注目和哄笑中,噘着嘴、鼓着腮帮子,直到脸、脖子上青筋直暴,也没有吹出一个音来。我这才知道要吹响军号是不容易的,更别说吹出歌曲来。吹号不能光靠力气,同样需要技巧。

小八路不站岗的时候,经常会唱点民谣或者儿歌自娱自乐,非常活泼可爱,但他们值班站岗时却是毫不含糊的。他们革命警惕性很高,捣乱分子、敌特分子在他们面前,常常会显出原形。

他们经常会唱《儿童团团歌》:

我们是儿童团员,
我们为抗日站岗。
双手紧握红缨枪,
哪怕山风野雨狂。
请你拿出路条来,
要不然过关别想!

这些小八路那个神气哟,让我们羡慕得不得了!总想学学他们的样,和他们待在一起就不想回家,即使是站在他们身边,我也感到很光荣、自豪。他们那股子精神气,让我和小伙伴们天天盼着赶快长大,长大后也要当个小八路,同他们一样站岗、放哨,还要上前线打日本鬼子和国民党反动派,早日将全中国的劳苦大众解救出苦海,解放全中国,建设美好的家园。

红军战士爱学习

我今年 75 岁了,可一天也没有停止过学习。我学习用电脑打字,学习使用 QQ、微信,一刻不停地想把我觉得有价值的东西写下来,希望能帮助、鼓舞更多的人。我这样做,都是缘于我在成长过程中,尤其是在延安,受到红军战士们在艰难困苦中依然坚持学习、奋发向上的精神的鼓舞。我一直以他们为榜样。

参加红军的同志,绝大多数都是贫困的劳苦大众,参军前没有条件学习文化知识。参加红军后,他们总是利用一切机会学习文化、增长知识。

小时候,我到过中央印刷厂在窑洞里的生产车间,记得叔叔阿姨们在昏暗的油灯下,不停地忙碌着。他们不管从事的是铸字、刻字、捡字、铜模的工作,还是排版、印刷、校对、装订等工作,每个人都很努力、认真地工作。一旦发现不认识的字,他们就会立刻停下手头的工作,请教他人或者马上去翻查课本、字典,直到解决问题为止。

我曾经问过叔叔："为什么在这样黑的窑洞里，你们还要读书写字？"

"不学习寸步难行呀！要看懂各种通知、命令，不识字怎么行？作战中要看懂地图和各种标示，不学习怎么行？要学习中央文件、革命理论知识，没文化怎么行？"

"将来新中国建立以后，要建设一个新中国，没有文化知识同样不行呀！将来各个部门、各个战线需要建设，没有文化，拿什么去建设？要建房子吧？要设计图纸吧？要造枪炮吧？要造飞机吧？要修铁路公路吧？还要修水利吧？要生产生活必需品吧？……就连你想写一封家信，寻找一下亲人，没有文化都毫无办法。"

"你该不会说——这有什么关系呢？不对！所有这些，都需要知识，需要文化。我们已经错过了不少日子，但你们不能再错过。"

…………

他们除了参加文化补习学校、红军学校、抗日军政大学，向老师们请教外，最主要的学习途径就是互帮互学。师徒之间、师生之间就像兄弟姐妹一样，知无不言，言无不尽。大家只是一个目的，千方百计地学习文化，提高工作能力，开阔视野。他们身上时刻都装着识字课本，走到哪里就学到哪里，甚至走路、行军时，将单字、词组贴在前面战友的背上死记硬背、加深印象。

就这样，通过不懈学习，他们从大字不识的文盲，成长为能够

胜任印刷厂工作的工人。他们时常高唱着：

走上前去啊！走上前去啊！

曙光在前！同志们奋斗！

用我们的刺刀和枪炮开自己的路。

勇敢上前，稳着脚步，

54

要高举先锋的旗帜，

我们是工人和农民先锋队！

　　叔叔阿姨们在只有萤火般亮的油灯下认真、吃力地读书的场景，他们满头大汗地翻找课本上的字的场景，在我年幼时的脑海中深深地扎了根，我从此暗下决心，一定要继承他们这种孜孜不倦的学习精神，把文化知识学好。

没有麻药的手术

谁能记得刮骨的勇者

敢于坚挺年轻的灵魂

月明之夜,有颗金星

始终照耀你斩棘披荆

1946 年夏天的晚上,爸爸难得有时间同我们兄弟俩坐在位于清凉山下面的中央印刷厂窑洞里谈笑。在谈笑中,我哥俩看到爸爸肚子上有个伤疤,就问起了这条伤疤的来历。

于是爸爸跟我们讲了下面的故事:

那是一次敌我力量悬殊的战斗。敌人正面火力太强,为了打乱敌人的阵脚,我们连队接到上级的命令:先迂回到敌人的侧翼,然后发起一次冲锋,打敌人一个措手不及。

战斗打响后,我们连队从侧翼进攻敌人,我是神枪手,一枪撂倒一个,打得敌人丢盔弃甲,哭爹叫娘,狼狈逃窜。

这时,一个敌兵突然向我开火,我闪躲不及,被他打中了腹部;怒不可遏的我倒地前,也回枪击毙了他。

战友们不顾我要坚持战斗的请求,强行把流血不止的我抬下了战场,经过简单包扎后,将我送到了临时战地医院。

战地医生迅速检查了我的伤势后,通知我要马上进行手术。

这时,护士进来了,神情紧张地说:"报告,麻药刚好用完了,怎么办?"

医生有点为难地问我:"神枪手,子弹头还在你肚子里,必须马上取出来,否则止不了血;但现在麻药刚好用完了,只能不用麻药来取子弹,你行不行?"

——没有麻药!

我思前想后,只得点头答应。

不用麻药动手术!说起来轻松,经历起来,可不是一般的痛苦。

当我紧咬着医生给我的毛巾、强忍着剧痛的时候,脑海中想到的是:只当这是敌人在给我施加酷刑,那是坚决不能向敌人低头和屈服的!

我们都听说过《三国演义》中关公刮骨去毒的故事,但是,真要在你身上开刀进行手术时,那真真切切是常人难以忍受的。

在整个手术过程中,为了承受持续不断的剧烈疼痛,我全身的力气都被耗尽了。尽管医生轻轻地翻动我的内脏,我还是疼得几乎要崩

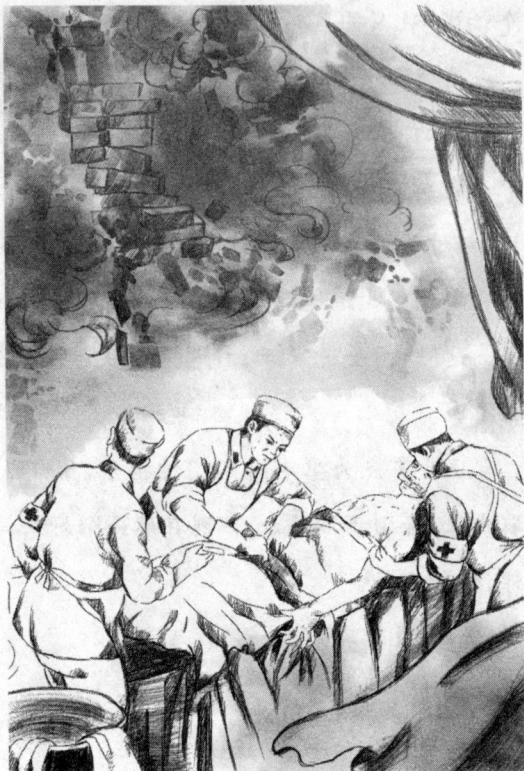

溃了，那突如其来的撕裂般的剧痛，让我本能地一下子几乎坐了起来。好在手术前，我已经被护士们绑住了手脚，否则这一折腾还真不知道会产生什么样的后果。

幸运的是，那次手术我终于挺到了最后。

战地医院的医生护士都很感动，大家都竖起大拇指，夸赞我的勇敢和坚强，这让我一直感到很自豪。

你们现在摔个跤、擦破点皮就哭半天，将来如果受到大一点的挫折、困难甚至伤痛怎么办？要赶快成长起来、成熟起来！

榜样的力量是无穷的，在爸爸的影响下，家里的孩子们个个都很勇敢。弟弟妹妹摔倒了，会赶快自己爬起来；手脚擦破了皮，也绝不会哭闹，自己拿家里常备的酒精、碘酒或者红药水、紫药水擦一擦；伤口大的话，自己到旁边的医院去找医生包扎。

我们是英雄的儿女，我们也要做小小英雄。

为了革命的分离

1946 年年底至 1947 年年初,中央印刷厂根据中共中央的安排,分批撤离延安。此时,爸爸已随大部队先行赴东北参战了。

当时大弟弟赵延明才三个多月,妈妈在转移途中要怀抱婴儿,再带上一个二岁多、一个四岁多的小男孩进行长途跋涉,肯定不行;即使有警卫员帮忙,也是困难重重。

当前的形势要求小家要服从大家。为保证孩子的安全,只能将婴儿留在当地老乡家里。这种情况的家庭当时还有几个,都是采取这样的方法。

至于延安保育院,则带着一些父母双亡的烈士遗孤、父母因工作或战事无法照顾的孩子一起撤退。

听说幼小的弟弟要离开我们,不仅妈妈恋恋不舍,天天热泪盈眶,我和哥哥也不舍得丢下幼小可人的弟弟。我俩都求妈妈带上弟弟一起走,还表示一路上愿意抱着弟弟。当妈妈给我俩详细解释了弟弟要留在延安的原因后,我俩还是不依不饶。直到伤心至极的妈妈第一次对我们发了好大的脾气,我俩才知道弟弟延明要留在延安的决定,已经是铁板钉钉了。

我和哥哥只好抓紧这最后的机会去照看弟弟。弟弟正吧嗒着嘴巴睡得香甜,我俩故意轻轻地揪一下他的小脸蛋,拉拉他胖乎乎的小手,把他弄醒,然后跟他说说话,逗他玩。我俩知道,只要来了要带走弟弟的人,以后能不能再和弟弟相见就无法预料了,一定要抓紧这最后的时间,和弟弟多玩一下,把弟弟的模样牢记下来。

经过组织上安排,决定把延明弟弟交给刘志丹部队中留守延安的民兵队长樊仲生两口子代养。

樊仲生是一位典型的西北汉子,一年四季都喜欢在头上裹着一条洗得发白的毛巾;毛巾的两个尖角绑扎在头前面的两边,显得非常英武、帅气。

他方脸大耳,天热时穿一件粗布白褂子,天寒时反穿一件羊皮袄;脸上布满了常年被强劲的东北风吹出的皱纹,皮肤偏粗偏黑,浓黑的眉毛下一双眼睛炯炯有神,显得果敢、沉着、刚毅。

他嘴上总挂着微笑,让人一看就感到和蔼可亲,值得信赖。

樊仲生夫妇俩没生育孩子,因此他毫不犹豫地接下了这副沉甸甸的担子。

为了能安全、顺利地带孩子,樊仲生夫妇决定一个忙外、一个忙内,一门心思要带好这个革命的后代,等革命胜利了再让他回到

61

父母身边。

他们来抱延明的时候,妈妈站在窑洞外不停地抹着眼泪,我和哥哥则眼巴巴地看着樊叔叔两口子小心仔细地抱起孩子。我心中始终告诉自己:这是为了更好地保护弟弟,是革命的需要,一定不能哭,不要闹。于是,我和哥哥强忍着眼泪。一直等到妈妈跟他们交代什么时候、怎样喂米汤,怎样换衣服、换尿布,怎样抱孩子、哄孩子等各种问题,并看着他们抱着延明弟弟慢慢走远后,我俩才哇哇大哭起来。

从此以后,我和哥哥跟着妈妈先上东北,再随军南下;1950年初爸爸妈妈转业后,一直留在了南昌地方工作。

1979年,妈妈有幸参加了江西省委组织的老红军延安参观团。在延安参观时,妈妈触景生情,忍不住跟延安市委的接待人员说起1947年大部队撤退时,自己曾在延安留下过一个婴儿,如今不知道这个孩子还在不在。

延安市委的接待人员非常重视,详细地记录了当年的具体情况,表示尽快去档案局查找当年遗留下的红军后代情况,一旦有了结果就会通知妈妈。

当妈妈随江西参观团从延安回到南昌后不久,长大成人的大弟弟赵延明按照妈妈留下的地址,千里迢迢来到南昌,找到了亲生父母。

延明弟弟见到日日盼着与他团聚的爸爸妈妈,百感交集,跪在

地上,痛哭流涕,久久不愿起来。

　　1981 年,延明一家六口人来到了南昌。1984 年的夏天,延明把养父母也接到了南昌。从此,两家人成了一家人。

额上伤疤的故事

我的额头上,有一条长五厘米左右凹陷下去的疤痕。这并不是摔跤造成的伤疤,它记载着国民党反动派轰炸延安的史实。

那是 1947 年 3 月,蒋介石集中国民党 94 个旅将近 70 万人,分别对陕北和山东解放区开展了重点进攻,另外还集结 100 多架飞机飞到西安机场,扬言三天之内要占领延安。

在如此严峻的形势下,中共中央经过认真研究,为了避免生灵涂炭,也为了保存革命力量,决定主动放弃延安。中共中央各机关、各部队、各部门,以及百姓都要有组织地撤退。延安保育院也不例外。

延安保育院要撤走,因此,有爸爸妈妈在身边的孩子,一般都会跟随父母一起撤退。因此,我与哥哥很快就从延安保育院被接了回来,并立刻加入妈妈和中央印刷厂其他分批撤退人员的队伍。

吃过午饭,大家收拾好行装,撤退的队伍马上要出发了。同其他小孩一样,我们兄弟俩分别坐在一头毛驴驮着的两个筐里,一边一个;我俩用手紧紧地抓着筐沿,一声不吭地看着大人们不停地忙碌着。

在下山的途中,警卫员牵着驴子,正哼唱着信天游缓解沉闷的气氛,没料到突然听到了防空警报声,接着就遭到了国民党轰炸机的轮番轰炸。信天游戛然而止,所有撤退的人都纷纷分散开来,尽量靠山边躲避,并加快了下山的步伐。炸弹剧烈的爆炸声此起彼伏,硝烟弥漫,惊吓到了毛驴。

我哥俩坐的这头毛驴,受到剧烈的爆炸声的惊吓,突然挣脱了警卫员的手,东奔西闯地狂奔起来,吓得警卫员惊慌失措,急忙去追赶驴子。

驴子在奔跑中,由于剧烈震动,驴背上的绑带突然崩断了,只见两个箩筐向悬崖边翻了过去!

在大家的惊呼声中,幸好两个箩筐侧倒在了悬崖边,摇晃了几下,没有翻下去。

这时受惊的驴子已被警卫员紧紧地抓住了缰绳,站在悬崖边上一动不动。

大家立刻冲上前去,七手八脚地赶快将箩筐扶正。哥哥一脸茫然,带着满脸灰土,呆呆地望着大家,还没回过神来;另一边的我,

额头上磕了一个长长的口子,汩汩地往外冒着鲜血,正大声地哭着。

看到这种情况,妈妈心急如焚,但她毕竟护理过伤员,凭着"双枪女战士"的本能,当机立断做出了处理:妈妈先用右手的五个手指一把紧紧捏住了我头上的伤口,然后让警卫员找来了一包痱子粉,让我闭上眼睛后,把痱子粉全部倒在伤口上,过了一会儿,看到没有继续流血,大家才松了一口气。

后面的行程中,妈妈一只手紧紧地捏着我的伤口,一只手抓住缰绳骑着驴子,颠簸着继续赶路。

也不知颠簸了多久,到达目的地时,我的伤口已经完全不出血了,满脸的痱子粉也被泪水冲出了一道道沟壑。

妈妈轻轻地放开我的伤口,发现右手已经僵硬得不能活动了,后来几个人帮着揉搓了半天,才缓过来。

医生为我清理完伤口外的痱子粉后,发现里面的伤口已经粘住了,血也没有继续流出来。医生本来想帮我缝上几针,防止伤口在意外情况下崩开,同时让伤口长平整些,没料想我极不配合,又吵又闹。医生看到伤口已黏合得较紧,无可奈何,只好给我洗干净了小脸,没有再做缝合处理。

这就是我额头上的疤痕的故事。所幸的是,这次摔下去没有摔残,也没有摔傻,真是不幸中的万幸。

每当我看到或摸到这条伤疤,就会想起当年国民党反动派的飞机对延安的轰炸,以及日本强盗对我国的侵略和屠杀,眼前就会出现这样一组数字:

1938 年 11 月 20 日,日寇驾驶 7 架飞机开始轰炸延安。21 日,日寇又派 30 架飞机再一次轰炸延安,共投弹 159 枚炸弹,炸死炸伤

延安军民 152 人,炸毁房屋 380 间。此后,日寇还多次对延安疯狂轰炸。

1939 年 9 月 8 日,日寇出动 15 架轰炸机轰炸延安,炸后向东北方向飞去,接着又从东南方向飞来了 28 架轰炸机,再次继续对延安狂轰滥炸。两次轰炸共投弹 200 多枚,炸毁房屋 150 余间,炸死炸伤延安军民 58 人。

1939 年 10 月 15 日,日寇出动飞机 71 架次,分四批轮番向延安投弹 225 枚,炸毁大批房屋。

…………

1941 年 10 月 26 日,日寇最后一次轰炸延安。

至此,日本飞机共轰炸延安 17 次,共投弹 1690 枚,炸死炸伤延安军民 398 人,炸毁公共房产 1176 间、戏牌楼 20 座、石洞 5 座、民房 14452 间,另有基督教礼拜堂 1 座、基督教房屋 94 间、天主教房屋 75 间,炸死牲畜 197 头,炸毁各种粮食 34.5 万余斤,使延安这座古老的山城几乎化为一片废墟。

1945 年 8 月 15 日正午,罪恶深重的日本天皇向全国广播,接受《波茨坦公告》,无条件投降,结束了对中国的侵略。

但穷凶极恶的国民党反动派又开始发动对共产党的进攻。

1947 年 3 月 13 日,国民党胡宗南的几十万部队率先向延安发动攻击,当天出动 94 架轰炸机对延安狂轰滥炸,共投弹 59 吨。当年陕甘宁边区有 217 个区,被国民党侵占的有 195 个;边区被拉走及遇害的群众计有 4000 多人;仅是延安城内就有 9548 间民房和 5437 孔窑洞被炸毁,一些医院、学校、工厂和机关都被匪徒洗劫一空;城郊原来有自然村 58 个,被敌人洗劫后,34 个村子成了无人村。

这些血淋淋的数字,让我们心中充满了对敌人的愤怒与仇恨。

武汉街头的小摊

爸爸曾经告诉我,他是先到东北,再跟随部队南下的。

到热河后,爸爸担任过四纵部队客栈经理、管务科长等职务。

一路南下的途中,爸爸又在豫西日报社、许昌人民日报社等单位任印刷厂长。

爸爸在武汉任汉口华中运输公司副经理时,我已五岁多了,很多经历再回首依然清晰如昨。

我们一家就住在汉口华中运输公司的大宅院里。爸爸妈妈很少在家。每天,爸爸总是夹着一个黄色牛皮包,匆匆来去,叶警卫也随时跟着。

爸爸妈妈和叶警卫曾经警告我们:

"千万别到外面去,会被坏蛋拿个毯子一蒙就抱走的!"

"坏蛋用药在头上一拍,你就会自动跟他走了!"

"你们会被这些坏人卖给人家当奴隶,永远回不来,也见不到爸爸妈妈了!"

大人的话让我俩很惊心,不敢越雷池一步。我和哥哥还小,没地方可去,只能待在家里;由于憋得慌,我俩开始跃跃欲试,强烈的好奇心总会诱惑我俩偷偷去大门口窥探街上的花花世界。

大门口首先映入我们眼帘的是各式各样的来来往往的人。大门左边有个打转盘的小摊,右边是个打小钢珠的用玻璃面板盖着的大木盒摊子。

打转盘的小摊是在一个木箱的两头立了两根棍子,一边棍子上固定了一个可以转动的木盘子,上面从中心向外划了很多扇形格子(像现在玩的梭镖记分板),格子里面标着筒子糖、棒棒糖、小扑克、香烟等各种物品或者是空格,下面玻璃盖着的木箱里就放着上面可能被打中的东西。在木箱另一边的棍子上则安装了一个弹簧夹,当你用手按下弹簧夹上的木把手时,木把手上的橡皮筋就会弹出放在棍子孔中的小木棒,小木棒的前端装有铁钉,铁钉打到转动着的转盘上以后就会钉在一个位置上,摊主根据你扎进的不同位置就会给相应的东西。如果被转盘甩掉了钉棍子,则再重新打一次。如果打在转盘上没有任何奖品的空格中,就是没中。这时摊主就会拿出一个用蜡纸折出来的小官帽(一个带两片耳朵的小方盒,大拇指大小,小时候我们也折过),用小勺在一个盛饴糖的罐子中,舀出一些饴糖倒入小纸帽中给你。

反正打不中也有饴糖吃,所以常常会有跃跃欲试的小孩子围着

71

小摊。我和哥哥也玩过,吃过一两次饴糖,很甜。

打小钢球的小摊,总是围着很多小朋友,有时也会有一两个大人在那玩。扁平的木箱子上面盖了一块玻璃板,木箱的一边要高一点,这样里面的钢球可以从高处往下滚动。玻璃板不同位置上放着不同的物品,有筒子糖、棒棒糖、糖果、扑克、香烟等各种物品,钢球最难到达的地方,东西最多也最好。

在放着这些物品的正下方的木板上都有一个小孔,还有几个小铁钉围着。小钢球只能从正上方才能掉入孔中。当你从扁箱子的角上拉开一个带弹簧的长拉手时,摊主会及时往拉手杆的前面推入一个小钢球;你一放开把手,弹出的小钢球就顺着拦板围的圆形轨道转一圈后进入有小孔的区域内,从上方开始往下滚动,左碰右撞地往位置低的玩家这边滚;在经历了不同的洞口小铁针的碰撞后,如果没有进入某一个洞中,大多数就会落在最下面的凹槽中。如能进入前面的某个小洞,那么玩家就可以拿走放在玻璃板上相应的东西了。

每次站在大门旁边,我总是使劲拉着哥哥的衣角,眼睛不停地留意着来来往往的人们,生怕自己被哪个坏蛋抓走了。实际上,门卫一直在盯着我们两个,这是后来他向爸爸妈妈汇报我俩行踪时我们才知道的。

魔术惊魂

除了街上那两个小摊,武汉给我留下了深刻印象的还有惊人的魔术。

一个休息天,一个外地的杂技团来到武汉演出。公司工会买了一些票,让职工们去观看。爸爸妈妈也带着我们两个孩子去了。至今,有两个杂技节目让我记忆犹新。

一个节目是铁锯锯人。魔术师上台后,先推出一个可以分为两段的长木板箱,下面有轮子可以推开、合拢。一个活生生的女郎亮完相后,就躺到这个长木板箱子里面。魔术师把长木板箱子的盖板盖好,接着助手拿来了一把亮光闪闪、又大又宽、两边都有拉手的锯子,魔术师还手敲钢锯的锯片,让锯片发出"当当"声,然后与助手站在箱子两边,开始从中间锯开箱子。在锯条下方的地下还铺了两张白纸用来接"血",这让我吓得够呛。如果不是后来那个女郎又"复活"了,估计我非惊叫起来不可。

另外一个魔术超级恐怖。魔术师的助手抬上来一张上面蒙着黑布的桌子。当魔术师打开黑布后，观众看到的是一个方形的玻璃罩，再仔细一看，里面有一个直径约二十厘米左右的白盘子，白盘子里面却放着一颗人头！往下看看桌子下方，除了四条桌腿外什么也没有。为了证明桌子上面只有一个人头，魔术师和助手抬起桌子转了一圈，向大家再一次证明下面没有人的身子。在后面的演出中，魔术师还同这个无身子的人头又是讲话，又是喂食。

这太恐怖了！太不可思议了！这让我很受刺激，接连两个夜晚，我总是被噩梦吓得大喊大叫着醒过来。

只要我一闭上眼睛睡觉，就会发现在不远处，有一团抖动着的血在慢慢聚集，很快便汇集起了一个人形的"血人"。"血人"发现我后，马上就过来追我，吓得我赶快跑。这时我腿发软、心脏扑扑直跳，拼命地甩动笨拙的手脚逃跑，但总是越想跑快点越跑不动。眼巴巴地看着"血人"越追越近，一直追得我跑得透不过气来，把我吓得拼命喊救命，直到尖叫着醒过来，一身大汗淋漓。

起初，爸爸妈妈认为我只不过是做了个噩梦，安慰安慰我后，并没太往心里去。第二天晚上，我又开始重复做这个梦，爸爸妈妈才发现问题的严重性。

我吓得不敢睡觉，甚至不敢闭上眼睛。最后，爸爸听警卫员说枪可以"收吓"，于是赶紧叫醒又一次在拼命挣扎的我，先把他用的手枪放在我面前让我仔细看一下，还拉了一下枪栓，让我看到里面

75

的子弹,然后将手枪放在我枕头底下,告诉我:"如果你再梦见那个'血人'来追你,就用枪打死他。"我这才彻底放下了心,从此不再被噩梦缠绕。

之后,爸爸妈妈非常谨慎,不再让我们这些孩子看恐怖的事物,以免遭受刺激后留下阴影。

石油会战歌

二月里到处一片白
夜晚常常是这样
桌上的蜡烛在燃烧
蜡烛在燃烧①

1950 年 9 月,南昌成立了中国石油公司江西省分公司,爸爸任公司经理。

谈到那个缺少燃油的年代,就会让我想起小时候在南昌经常看到的"木炭车":那是一个长约两米、直径约半米的大铁罐。如果是大卡车,大铁罐是装在车头(司机座厢与货厢之间);如果是公交车的话,则是挂在乘客车厢的后面,以免影响乘客。

铁罐分两层,内层是装木炭的,用来生成可燃气体。

---

① 作者:苏联著名诗人帕斯捷尔纳克,1958 年获诺贝尔文学奖。

铁罐的下面有一个炉门,打开炉门后,可以点燃装在内胆里被捣紧压实了的木炭,旁边还装有一个手摇鼓风机,风口对着炉门口。

点燃木炭并关紧炉门后,在这个炉顶上面的小水盒中装满水,还可以不停地淋些水滴,马上就会形成很大的雾气。木炭经过不完全燃烧生成了大量的一氧化碳,通过管道输送到发动机,与中途补充的适量的空气混合后就能燃烧,也就可以带动发动机了。

这种烧炭车的动力不足。在路上,经常会看到公交车在路上突然熄火,乘客们只好下车帮忙推车,以便司机重新发动车子。我有时还会看到司机助手在煤气罐中加木炭或者是司机在前面发动汽车,而助手使劲摇着鼓风机的情景。遇上陡坡,汽车很难爬上去,常常需要乘客下车帮忙推。

这一切,都因为当时江西没有燃油。

江西省石油公司成立后,接管了几家原来外国人经营的公司:美孚行石油公司、亚细亚石油公司和德士古石油公司等。但这几家石油公司在解放军到来之前早已搬空,几乎就是个空壳。

为了解决这个大难题,爸爸决定立刻招聘懂行的人才。

妈妈当时担任公司人事科长,于是立刻发布招聘布告,向社会公开招聘懂机械、懂石油的人才。公司的办公地址就在民德路南昌老三中的对面(当时我已六岁多,还记得那是栋有三四层楼的旧楼房)。

最先来应聘的是抗日战士张第富和一些懂各种专业和技术的人才。张第富因为在黄埔军校的辎汽驾教二团的军校学习过内燃机、各种机械和油的分类等知识，又参加过抗日战争，就顺利被石油公司录用了。

张第富感到最荣耀的经历是在石油公司成功炼制了首批石油。那次炼油会战的成功不仅因为用上了他的平生所学，还得益于解决了当时燃油昂贵和来源困难两大问题。

就在最缺油的时候，驻向塘飞机场的某部队找到了省石油公司，说他们现在有一千吨国外的原油，都是没有提炼过的原油，不进行加工提炼根本没有办法用。他们部队没有办法解决这个问题，希望公司能将这批原油提炼成有用的燃油。

爸爸立刻召集公司全体员工开会，讲明目前国家和省里、市里缺油的困境，并告诉大家向塘有一千吨原油，但是不提炼出来等于废品。

"哪个同志愿意接受这个提炼原油的艰巨任务？"

现场竟然没有一个人回应！

当时气氛很尴尬。这时，张第富站了起来，说："让我试试吧。"

爸爸很激动，兴奋地说："好，我全力帮助你，有什么困难你只管说！"

后来，在德士古石油公司工作过的饶存修技师也加入了奋战，再加上一些设备制造安装、烧锅炉的工人，一共有几个人，临时组

成了一个炼油小组，热火朝天地干了起来……

他们在打缆洲找到了一大片沙地，面积大概有十几亩。第一步工作是画好整个炼油流程和设备安装示意图，报上级批准。获得上级同意后，他们马上就搭起了两间棚子：一间棚子炼油小组吃饭、睡觉，另一间棚子就用来炼油。

在炼油的棚子里，他们往下挖了一个洞，用来安放炼油的炉子。省商业厅领导帮他们找到了很多耐温的铁皮，可用来做炉身和其他烧锅，另外还配了五个温度计。

用作炼油的炉身很高，周围用水泥围着，每次可以装一至两吨原油。

为了尽快解决全省对燃油的迫切需要，十几个人齐心合力拼命干，每天坚守在炼油棚，连续两个多月没有回过家。

把炼油设备制造出来并安装到位后，立刻开始炼油。

炼油过程中，木炭二十四小时都烧着。当炉温达到 200 摄氏度左右的时候，原油通过催化、加氢裂化、焦化等几个过程，分几种类型流了出来。开始流出来的是汽油，接着是煤油、柴油，然后是机油、黄油等，最后剩下的就是沥青。一天下来，可以炼十到二十吨原油。

在炼油棚的不远处，停放着几辆待命的消防车。棚子旁边还配有很多灭火器，以防备现场突然发生燃烧、爆炸等意外事故。

随着时间的推移，天气越来越热。虽然爸爸要亲自积极参加各

种劳作,但他看到大家炼油太辛苦了,还是想方设法地改善大家的工作环境和伙食。为了降温,爸爸不仅在车间增加了一个大排风扇,还不断地为大家提供冰水,时不时弄点肉给大家吃,伙食办好了,才能保障大家的身体健康。

就这样,经过炼油小组的共同努力,在各种条件的制约下,终于炼完了这一千吨原油,解决了当时江西省的燃眉之急。

为此,省石油公司还获得国家商业部颁发的科技贡献三等奖。

这是张第富、饶存修和爸爸等人为江西省石油工业立的大功。我们都为爸爸骄傲。

对于这段经历，我印象深刻。爸爸给炼油小组做后勤保障时，带我去过一次工地。我不仅看到了高大烘热的炉子和鼓风机轰鸣中熊熊燃烧的火焰，看到了张叔叔和工人们汗流浃背地在分装各种油。见此情景，爸爸也立刻热火朝天地参与其中。

我对炉子中分解出来的各种各样的油很好奇，尤其是取完油后剩下的废渣。

我曾经捡过一小块黑渣，表面看上去乌黑发亮，闻起来有点刺鼻的味道，好像是修马路时用的柏油。回家后，我将它投入煤球炉中烧，想看看有什么反应，结果火一下子烧得很旺，烟也很大，还散发出一种不好闻的气味。原来这里面还含有油呢！

由此，我知道了开汽车用的是汽油或者柴油；各家的油灯、煤油炉用的是煤油；汽车、机床、自行车、电扇、缝纫机等用的是机油，有时也抹点黄油。

原来，这些平常用到的油，都是在十分艰苦的条件下，通过大量设备，花费大量时间和人力，用原油提炼出来的。

现在，我们国家早已有了自己的油田，我们的炼油技术世界一流，我们的车子跑得又快又稳，再也看不到乘客推车的奇观了。

大首长与我爸爸

　　1955 年暑假里的一个星期天,邵式平省长约我爸爸以及其他几个老战友到省委招待所(现为滨江宾馆)坐坐。爸爸带上了我一起赴约。

　　省委招待所里环境优美,绿树成荫,客房也很大。大人们围坐在一个长廊尽头的圆桌边谈笑风生,我则坐在这条长廊旁边的木凳上,听着大人们爽朗的说笑声和树林中鸟儿的鸣叫声,呼吸着清新的空气,迷迷糊糊中就坐着睡着了。突然,一阵哄笑声惊醒了我,我竟然听到了自己醒来前发出的呼噜声,而且还很响。我赶快坐起来,大人们看着我都哈哈大笑起来。我猜他们一定是笑话我刚才睡觉时发出的大大的呼噜声,顿时羞得面红耳赤。

　　爸爸赶忙为我解围,说年轻人打瞌睡是正常的,累了就会打瞌睡。他接着说道,当年周副主席右手摔伤,他在身边照顾时,一个很年轻的警卫员坐着坐着就会睡着,这是年轻人的本性,没什么奇

怪的。说完，大家又笑了起来。

我就是那个时候知道爸爸在周副主席右手摔伤时，组织上专门安排他去服侍了一个多月。

1959年10月26日，北京举办全国"工交群英会"，表彰在工业、交通运输、基本建设、财贸方面做出突出贡献的劳动模范。这是新中国成立十年以来举行的最为隆重、盛大的劳动模范表彰大会。

由于在全省财贸方面做出的卓越成绩和突出贡献，爸爸被评为劳动模范，并被推选到北京参加会议。这是他第一次来到新中国的首都——北京。

到达北京的当天晚上，周恩来总理的秘书高斯文同志来到代表们入住的饭店，找到了爸爸。

原来，总理在大会代表名册中看到爸爸的名字，非常高兴，很想了解爸爸的近况，想看看当年的"红小鬼"现在工作、生活得如何，于是就叫高秘书来找爸爸。

爸爸一开始非常兴奋，恨不得马上就飞到日夜思念的周总理身边去。但一转念，他开始犯嘀咕了：这么大的会议、这么多的人、这么多的事，这时总理该多么繁忙呀！我这时去见总理，有说不完的心里话要向总理倾诉，肯定会耽误总理不少宝贵时间的。如果总理了解到现在自己小孩这么多（当时已经有十个孩子了），一定会引起总理许多牵挂，这多不应该啊！……

想到这里，爸爸强忍着对周总理的思念，以不影响周总理工作为由，托高秘书转告周总理："我一切都好，爱人及小孩都很健康幸福；我今后在工作上会更加努力，争取创造更多更好的成绩，决不辜负领导的期望；感谢日理万机的周总理在延安对自己各方面的培养和教育，二十多年后还这样关怀着自己；衷心感谢周总理为自己改了这么好的名字，永生难忘；这次就不去中南海拜访总理了，请总理谅解并多保重身体……"

总理主动找他，他竟然不去，这让大家匪夷所思。但是，爸爸就是这样一个人，一直都是。

1962年7月，最高人民法院院长谢觉哉和夫人王定国到江西来视察。他们听周总理说当年的警卫员小赵在江西省储运公司工作，于是在一个星期天，请省政府办公厅同志约见爸爸，并要求爸爸带上几个小孩。

爸爸本来想带上我和大妹妹前往，但因为我第二天就要参加高考，最后爸爸只带着14岁的大妹妹赵新明去了省委招待所。

爸爸见到谢老和王老，紧紧握住二老的双手，久久舍不得放开。当大妹妹清脆地叫着"爷爷好！奶奶好！"时，谢老、王老更是高兴得直夸："小赵啊，你怎么有一个这么漂亮的女儿啊！好福气啊！"

爸爸说："本来我家老二要来的，可是他明天要高考，就没来。"

"好哇！你们家要出一个大学生了，要他好好学习，将来多为

85

国家做贡献！"

接着，谢老又问："你别的孩子怎么样？"

爸爸又向二老逐个介绍家里孩子们的情况。

"你和小吕可真不容易呀！小赵哇，你家如今成了'赵家庄''吕家湾'咯！哈哈！你们要好好培养，让他们努力读书，做对国家有用的人。生活上有什么困难就向组织提出来。"谢老真切地说。

爸爸心存感激，表示一定会培养好所有孩子。对二老的夸赞，他嘴上不停地谦虚着，心里那是乐开了花呀！

爸爸和老首长亲切地交谈了一整天。晚餐后，谢老夫妻俩还兴致盎然地想留爸爸观看晚上的文艺晚会，但爸爸说家中小孩多，不能久留，双方才依依惜别。

从此以后，每年春节前夕，爸爸都要我按谢老留下的通信地址，给谢老夫妻俩寄去贺年信和贺年卡，以表思念之情。多年后，爸爸才知道谢老在 1963 年 5 月就因病瘫痪了。"文化大革命"爆发后，一切都乱了套，爸爸也受到冲击，这才断了音讯。

此后在某一年的春节期间，爸爸带我到省民政厅厅长谢象晃家中拜访，坐在藤椅上的谢厅长，身边放着一根拐杖。谈着谈着，谢厅长告诉爸爸一件往事：

谢觉哉老人家来南昌视察时，曾与他谈到爸爸。谢老特别交代说："赵凯轩是个忠厚老实的人，除了工作以外，从来不会讲什么困难，也从来不会向组织伸手。他现在儿女这么多，肯定有一些困难，你要在可能的情况下给些关照。"

爸爸听到这些话后非常感动，但他还是告诉谢厅长自己没有什么困难和要求；说现在全家还开荒种了红薯，不愁吃穿，一切都很好，真是难为这些老领导，处处、事事都关心着老部下。

1964 年 4 月 5 日，正值清明时节，细雨纷纷。中国共产党创始

87

人之一、中华人民共和国国家副主席董必武,到浙江省嘉兴南湖的中共"一大"会址考察。回程时,董副主席特意到南昌逗留,并单独约见了爸爸。

董老见到爸爸,满面笑容,亲切地叫道:"小赵,见你一面不容易啊!"

爸爸抢步上前,热泪盈眶地握住董副主席温暖的手:"董老,您怎么来南昌了? 我和小昌都好想念您……"

董老说:"我这次是到'一大'会址考察,特意弯进南昌停留一天的,另外还带来了周总理的问候,大家都很关心你现在各方面的情况嘞。"

爸爸赶紧说道:"感谢董副主席,感谢周总理,感谢各位老首长,我现在各方面情况都很好,请党中央领导放心……"

董老问:"你家的那位'英雄母亲'怎么样了? 生这么多孩子,真是难为她了。"

"她现在就因为小孩多,已提前办了退休。也是没有办法的事。"

"这位'双枪女将'硬是有气魄! 要她注意身体,让小孩们健康成长。你有什么困难要向组织提出来。周总理也一直关心着你们。"

"谢谢党中央首长对我们的关心。小孩多也有好处,大的衣服小了不能穿就给小的穿。"

"这么多小孩,你们不怕吵闹吗?"董老又关切地问道。

"已经习惯了,该干什么就干什么。"

"那你们可真有本事,看来是练出来了。"说完,两个人都哈哈大笑起来。

分别的时候,爸爸紧紧握着董必武副主席的手,久久不愿松开⋯⋯

以后,每年春节临近,爸爸也要我给董老寄去贺年信,直至"文化大革命"后中断了联系。

老红军救灾

夜晚降临在我的心灵

在我沾满杂草的手上

水儿一滴滴流尽①

我小时候听话乖巧,在八一保育院、育新学校读书的时候都是住在学校里,只有节假日才回家。我小学毕业的那年春节前,爸爸要去各个仓库进行一次突击巡查。因为之前爸爸已经和保卫科长一起对仓库进行过全面检查,所以这次就不影响他人与家人的团聚,他自己开车去。为了增加我的见识,爸爸决定带我去。实际上,是为了让我见识一个老红军是怎样认真对待革命工作的。

再一次深刻地见识老红军令人钦佩的革命工作精神,是一天晚上发生在抚河桥仓库的火灾。

---

① 作者:意大利著名诗人夸齐莫多,1959 年获诺贝尔文学奖。

那晚，我正好在爸爸身边过暑假，保卫科长来叫爸爸去救火时，我吵着也跟去了。

火灾发生在抚河桥仓库后面的围墙外的巷子中，因为巷子内有一户居民屋内的电线短路而造成了失火。

爸爸与保卫科长到达那里时，已经来了几辆救火车，由于巷子窄，救火车无法进入巷子内灭火。只好将救火车停在巷子头的街道上，另外一辆救火车用了两到三根水龙带，从仓库前门将水管穿过仓库，再从后门接出去灭火。

我看到爸爸在满是水的地面上跑来跑去，指挥着灭火工作。他当时提出了三个要求：一是注意仓库本身的安全。在当时混乱的情况下，既要防止小偷趁火打劫，又要防止敌特分子搞破坏。二是安排人员在关键位置上把守，甚至站到围墙上去观察，防止火苗烧到仓库里面来。三是抽调本库人员积极协助消防队灭火。

接着爸爸提出几个具体措施：先抽调几人用仓库里备用的长杆叉钩把旁边已烧起来的房顶瓦片和木垫片全部钩光，防止火苗蔓延到邻近房顶，这一举措立刻得到了消防队的支持。另外，将仓库里一个备用的手压喷水灭火车拿出来用。这在当时，算是仓库里面最简便适用的救火工具了。

这是一辆上面装有一个大盛水桶的双轮车，把车子推到火场旁后，两个人站在车子上水桶的两头，反复用力压下或提起自己这边的一根横杆，桶里的水就会通过储水管旁边的软管喷出去。盛水

桶里的水则由几个职工分别用小桶到抚河里提，或到自来水龙头下接。

爸爸还叫人取来了几根喷水管。这是一种两层管子的压力容器，外管粗内管细，插在水桶里，内管提起来时就吸满了水，再压下去时下面的翻盖就堵住了孔，水则会从内管前面的尖端孔中喷出去；虽然喷出来的水不是很大很高，但还是有一定的灭火作用。

最后，大家齐心合力，终于扑灭了火，也没有殃及旁边的邻居，得到了附近居民的赞扬和感谢。

在熊熊火光映照下，我见识了爸爸的勇敢、果断、坚毅。我能想象神枪手爸爸在抗日战争、解放战争中镇定自若指挥战斗的形象，能想象爸爸有条不紊地调配运送战备物质时的情景。

1962 年夏天的水灾，我又目睹了爸爸全力救灾的情景。

那年，历史上罕见的连续暴雨淹没了南昌市很多地段，整个李家庄包括很多仓库都被淹没了。

得到仓库被淹的消息后，爸爸带着公司几个中层干部匆忙赶到了李家庄仓库，亲自到现场指挥公司职工和全体仓库人员救灾。

爸爸不顾大家的劝说，每天从早到晚带头抢救国家物资，不顾个人安危，哪里危险就冲到哪里。

几天后的一个傍晚，我正在灯下做作业，只见两个职工扶着浑身沾满泥水的爸爸回到了家里。爸爸浑身湿透，已经筋疲力尽，站都站不住了。

听说爸爸还没有吃饭，妈妈赶紧去煮了碗酱油汤面。等面煮好时，爸爸已经睡着了；在妈妈的劝说下，爸爸吃光了汤面，简单擦了下身子，便很快睡去了。

我和几个大点的弟弟妹妹站在床边，看着累得昏睡的爸爸，以及桌子上只剩点酱油汤的面碗、木脚盆中浸满黄泥的衣裤，我们都啜泣不已；站了良久，大家才默默散开。

我们暗暗下定决心，一定要好好学习，好接我们了不起的爸爸的班。

爸爸的精神同样激励着公司全体职工全身心地投入到抢救国家财产的工作中。职工们在完成抢救任务后，还主动协助旁边的食品公司的生猪仓库抢救生猪，救出了不少活猪。当大伙把大母猪半抬半赶救出来，又把一个个胖嘟嘟的小猪也抱出来时，大家都感到无比欣慰；尤其是在看到小猪们欢快地抢着吃奶时，大家都笑起来了。

爸爸在家只歇了这一晚。

第二天一早，爸爸又开始组织人员到李家庄仓库靠近江边的地方抽水排涝，只有这样才可以解决大涝。

那天晚上，爸爸又一直忙到半夜才回家。大约凌晨两三点钟，爸爸突然把我叫醒："刚才接到防洪指挥部通知，南昌市的防洪大堤可能有溃溢危险，各单位要组织一切力量、一切物质去护堤。你们不要紧张，你和弟弟们先到楼上的房间去，不要吵闹、叫唤，以免

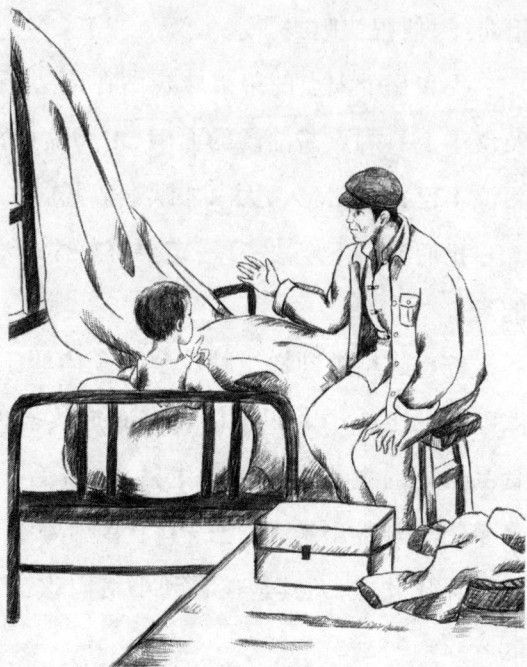

引起混乱。事态不一定会发展到破堤这一步。你们要警觉一点，如果听到有洪水的隆隆声，或者看到楼下有水在流动，就可以大喊大叫，让所有人赶快起来。要想方设法躲避洪水，最好先往楼上跑。公司的宿舍是砖瓦房，经得住一般洪水的冲击。你叫大家不要怕，不要乱跑，就算是掉到水里，一定要抱住一块木板不放手，就是冲到再远也没有关系。"

说完这些,爸爸就急匆匆地上大堤去了。

我们兄弟几个赶紧上楼,一个个站在楼上窗户边紧张地望着两栋宿舍楼之间的空地,竖起耳朵听有没有轰隆声,还要担心保护大堤的爸爸他们的安危。

过了一段时间,小点的弟弟、妹妹困得一个个东倒西歪,不久便睡着了,只有我们大点的孩子还在坚守着。这时,我仿佛看到汹涌的波涛边,爸爸正指挥着职工们在大堤上加高沙袋,巡查暗流,不放过一个漏洞,保卫着南昌人民的安全。

最后,在全体市民的共同努力下,护河大堤总算守住了。大家都松了一口气,悬着的心也都放了下来。爸爸这种为国家和集体利益舍生忘死的老红军精神,深深感动了大家。

冰峰真情

英雄的影子

在我们面前一掠而过

时光掀起的疾风

翻起一页或几页历史的章节

那曾是怎样艰苦卓绝的冰峰

和平年代，我们平静地学习、生活，战争时代的记忆渐渐模糊。

每当爸爸妈妈的战友们来访，通过他们的交谈，我的脑海中都会重现一段段长征途中的峥嵘往事，还原红军战士的烽火岁月……

有一次，妈妈的战友李林阿姨和刘玲阿姨到家里串门，我通过她们的交谈，知道了她们深厚友谊背后催人泪下的故事。

妈妈第三次翻越雪山的时候，同几个战友经历了一场生与死的考验(第一次过完雪山和草地后,部队被想另立中央的张国焘给拉了回来。后来在党中央的耐心争取和广大指战员的强烈要求下,张国焘不得不同意北上与中央红军会合。这才有了一部分部队第三次过雪山和草地的历程)。

那次爬雪山,红军大部队赶到山下时,天已经开始黑了。

红军战士们由于不断地战斗和长途跋涉,已经非常疲惫。身上只有单薄的夹衣,脚上的绑带都破了,有的甚至没有绑带,还有的战士干粮吃完了。战士们又冷又饿又疲劳,加上疾病的侵袭,完全是凭着坚定的革命意志支撑着向前奋进。

战士们奋力爬着雪山,呼啸的山风不仅让人睁不开眼,还不断拉扯着战士们单薄的身子,爬山队伍逐渐不成队形,战士们之间也被迫拉开了距离。

山上稀薄的空气让战士们感到力不从心,上气不接下气。那时只要坐下来歇一下,就可能永远也站不起来了。登山路上,随时可以看到因病、因冻或因累僵死在路旁的红军战士。

不知爬了多久,妈妈只看得到两名后勤总队的女战士。越来越大的山风,说明离山顶已经不远了,这增强了她们尽快翻过山顶的决心。

妈妈躬着身、顶着风奋力向上爬着,突然发现前面几步远的地上已经看不到白色的路面,只听得到扑面而来的呼啸山风强劲地"呜呜"刮着,妈妈用力顶着才勉强站稳了身子。三个红军女战士

停了下来,左右看看,依然没发现其他战士的身影。

这是怎么回事?下一步该怎么办?是继续前进,还是再想其他办法?

如果继续往前走,前面黑乎乎的,什么也看不见,只有迎面刮来的猛烈的山风;如果往其他方向走,又往哪边走呢?三个红军女战士一下子没了主意。

正在犹豫的时候，又爬上来两位气喘吁吁的年轻男战士，在听了她们介绍的情况后，他们一起分析：往前走，好像不是路，在不明情况下冒险往前走，危险性太大；如果回头再去找路，现在连一点月光都没有，怎么判别方向？而且上山容易下山难，弄不好会更危险；如果就这样等到天亮再走，在这雪山之中弄不好会不幸牺牲……

大家分析来分析去，最后的结论是：等到天亮后再行动，似乎是唯一的保全方法。

说干就干，大家开始在各自的行李里检查带的避寒衣物。结果，两位男战士分别带的是一张从敌人处缴获的破毛毯，应该比较能挡寒，三个女战士带了两张小毛毡和一张薄棉毡。如果能够找到一个避风处，大家背靠背挤在一起，用这些盖的东西包裹起身体，应该可以御寒。

于是大家急忙分头去寻找休息处，终于在一块凸起的山包下找到一小块地方：这里风小了很多，地势也还算平坦。

大家用手清除掉地上的积雪后，四个人背靠背围坐成一圈，留出一个人的位置，然后妈妈先用小棉毡和小毛毡把大家包了一圈，外面再用两条破毛毯和小毛毡把大家包裹起来，最后自己再钻进去拉紧裹实。

就这样，毛毯外面，寒风凛冽的冰峰之上，呼啸的山风横扫着

一切,肆虐的寒风仿佛要吸走每个人身上剩余的最后一点热气;毛毯里面,五颗赤诚火热的心和要将革命进行到底的沸腾热血,让他们终于抵御住了冰峰上的寒冷,在极度疲劳下迷糊了几个小时。

天刚刚放亮的时候,未熟睡的他们听到了外面的战士们的喊叫声。他们赶快站了起来,发现大家都安然无恙,感到很庆幸。

他们看到几十米到百米远的白皑皑的山坡上的红军战士们时,才知道自己已偏离方向较远了。当他们走近昨晚看上去黑乎乎的地方时,都不由得倒吸了一口凉气,原来那是个——断崖!往下看,只能看见雾茫茫的一片,根本看不见底……

试想一下,如果昨晚他们没有停下来,而是一个跟着一个地继续往前走,那么势必都已葬身在这深不可测的崖底!

太幸运了!他们为昨晚的决定感到庆幸并大声欢呼。

接着,他们跟上了大部队,继续向前,胜利翻过了冰峰雪山。

这段生与死的惊险经历,让他们五个人刻骨铭心,终生难忘。

尽管他们不在一个部门,却因此结下了深厚的革命情谊。在抗日战争和解放战争中,他们都不曾中断过联系,新中国成立后也寻找各种机会见面。

他们是在西安工作的张敏叔叔,在南昌工作的况步才叔叔、李林阿姨、刘玲阿姨,还有我的妈妈。

具有同样经历的还有谢觉哉的夫人王定国。

在翻越雪山的途中,同样是因为天已经黑了,无法辨清方向,她和几个战友只好一起用破毛毯盖着睡了一会儿。由于人多无法盖全,第二天天亮时,王定国发现自己有一根脚趾头露在外面,完全冻僵了。她本能地用手去摸一摸,擦一擦,寻思着这样可以让血液流通起来。怎么样也没有料到,她刚刚用手一擦,那根脚趾头居然突然掉了下来!

她惊恐得说不出话来,再看看脚趾头的断开处,既没有一滴血,也没有任何疼痛的感觉。

就这样,红军女战士王定国的一根脚趾,永远留在了雪山之上。

现在,王定国老人家已经 106 岁了,祝愿她健康长寿!

吃人的草地

小时候,我听妈妈说,她的又一次生死考验是在第三次过草地的途中。

经历了前两次过草地的经验和教训,第三次过草地之前,部队给每个战士发了十斤青稞面,这十斤青稞面一般可以维持至少十天。但当时已临寒冬,不少战士身上只有单薄的夹衣,有的战士甚至连一条绑带都没有。

经过部队前两次过草地,茫茫草地上,沿途可以吃的野菜、草根和树皮等,基本上都已消耗殆尽了;又因没有油、盐,战士们的身体都非常虚弱乏力。

更为惨痛的是,这次行军路上,红军战士们不仅可以看到前面红一方面军过草地和红四方面军两次过草地时遗落的一部分辎重物质,偶尔还可以看到一些被狂风暴雨洗刷后又暴露在外面的红军战士的遗体。战士们心中都非常难过,强忍着悲痛,重新掩埋了烈士的遗体,并祈祷他们的英灵得到安息。

　　红军女战士小李子的身体不好,因为没有树棍来助力,行走时一直感到很吃力,其他有棍子的同志都是身体有病况,小李子坚决不接受别人送给她的棍子。

　　过草地途中,小李子突然看到不远处的泥沼中有一根树棍,就想拿来用。战友们看草地上地形比较险恶,都劝她不要过去。但小李子执意要去。在劝说无效的情况下,只好由几个战友拉着她的手去捡。小李子摸到棍子后,用力想拉出来,但没拉动。

　　这时,有些战友根据四周的情况突然想到,这根插在泥沼中的树棍应该不是被人丢弃的,可能是握在一位遇难的战友手中。既然已经被泥沼吸在下面,那么这根被紧握着的棍子是不可能拉得出来的!

　　于是,大家叫小李子不要拿了,赶快回头! 但小李子还是想用力拉出来……就在这时,她脚下的草地突然裂了开来,小李子立刻往下沉!

　　妈妈见状,赶快抓住小李子往后拉! 但妈妈不仅拉不住小李子,她自己也被带了下去! 泥沼张开乌黑的大嘴,迅速无声地吞噬着她们年轻的身体——情况万分危急!

　　在大家同心协力的帮助下,一位战友丢过来一根粗草绳,妈妈一把抓住草绳,几个人同时用力向外拉。总算在没顶前,大家用力拖回了妈妈。可怜的小李子,只不过想要一根棍子支撑着自己向

前走,却被这根棍子带走了鲜活的生命!

　　看着刚才还活生生的战友小李子,转眼间就被泥沼吞没了生命,红军战士们一时接受不了眼前残酷的现实,一个个悲痛欲绝,禁不住放声大哭!

　　这次遭遇,妈妈虽然幸免于难,但挂在身上的青稞面全部被臭泥水浸得不能再吃了。这可怎么办?

　　妈妈的两只手在过雪山时本来就已经被冻伤了,这次又受到拉绳索时的挫伤,加上臭水的浸泡,两只手很快就红肿发炎、流脓滴血。更不巧的是,在后面行军过程中,妈妈又被一匹受惊的马踩到了手,鲜血直流!

在没有其他办法的情况下,一位战友从别处挖来了一块看上去比较"干净"的稀泥,将妈妈的伤手全部用泥糊上,然后再用草绳层层绑住,妈妈这才能半抬着手继续前进。

在之后的途中,妈妈只能靠战友们将自己的青稞面匀出一点点接济她,并坚持走出了草地,受伤的手也渐渐长好了。

这次极度艰难和痛苦的经历,妈妈经常会在不同场合向我们提起,教导我们要珍惜今天的幸福生活,永远不要忘记过去。

育新情缘

1950 年随父母来到南昌后,我在八一保育院小学部待了三年,1953 年转入叠山路小学过渡。1955 年育新小学建成,我就进入了育新小学学习(现在的南昌市育新学校),并成为育新小学第一届毕业生。

我们在这里沐浴着新生活的阳光,接受着良好的知识文化教育。

记忆中,我们六年级这个班一共有三十多个同学,全部住在正对着大门口的那栋大楼的二楼西南边的一间大房间,南西两面都是大玻璃窗,非常亮堂。一楼的右边是一间图书室。由于校规严格,学校里从来没人大声吵吵嚷嚷,更没有同学吵架打骂。

当时学校还没有完全建好,学校东北面有一个黄土堆,这个黄土堆成为同学们最喜爱的课外活动场地。

有同学在土堆里抓到了蟋蟀,就学大人样,用黄土调成稀泥,

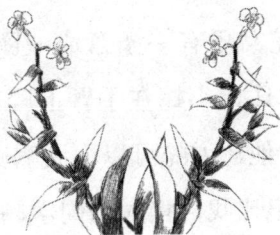

给蟋蟀做了个上下两层的窝。其他同学见状,也用调好的泥巴开始做泥工,捏成了小泥人、宝塔、房子、桌子、椅子、小汽车、飞机、坦克、大炮等各种东西。可能是因为在八一保育院上学期间,在庐山的小溪中用石头磨出过各种物体,现在我们用泥巴可以随意地捏各种物品,做得还挺像。

　　很快，做泥塑的同学越来越多，有一些同学到平整的水泥路上去调拌泥巴；如果调稀了就会顺手到墙上、走廊的柱子上反复粘贴来吸干水，造成到处都是泥巴印，不仅不卫生还影响了校容，于是泥塑活动很快就被学校禁止了。

　　有一次，一个同学找来了一把镐，顺着黄土堆上的一个小洞，挖掘出一窝粉嘟嘟的小老鼠，眼睛都还没睁开呢！有个同学听大人讲，用生石灰和小老鼠放在一起捣烂，可以制成非常有效的刀伤药。谁也不知道这种说法对不对，于是同学们就让他去试试，后来也不知道效果到底怎么样。

　　不久，又有一个同学顺着另一个小洞挖，结果挖到了条蛇。大蛇"嗖"地吓跑了，蛇窝里有一条盘成一圈的小蛇。这个同学把小蛇放在手心里，有时还让小蛇在手臂上爬来爬去，大多数同学都吓坏了，离得远远的。他还说蛇可以泡酒喝呢。

　　学校里几个年纪比我们稍大的同学，有的是已经留了两三级的"顽皮头子"，午睡时，他们不回宿舍午休，反而偷偷摸摸到黄土堆里面修建了一个"碉堡木屋"，并藏在里面，害得老师和阿姨到处找他们。

　　事情传出来后，我和其他同学都去看他们建造的小木屋。他们在黄土堆的凹处挖出了一个坑，利用从各处找来的木板、木棍和木梯，建成了一个两层木屋。木屋底层，可容下三四个人，还可以顺着梯子爬上四面围好的二楼；二楼还设有瞭望孔，真是别具匠心。

他们可真有本事,长大后如果不从事建筑行业,实在是可惜。

但是这确实是一种无组织无纪律的行为,影响也太大,这几个同学被学校予以记过和记大过处分。以后,再没有同学敢做这种事了。

1956年7月我们顺利毕业了,有幸成为南昌市育新学校第一届毕业生。我爱人胡加武1971年至1975年在育新学校教初中语文,与学生们建立了深厚的师生情谊。

我的两个女儿都是育新学校的毕业生。

2016年,我六岁的外孙女又到红谷滩的育新学校读书了。

这样,我们一家都成了育新学校的有缘人。

我爱育新学校!

十一个兄弟姐妹

十一个茁壮成长的兄弟姐妹

一个班天天向上的红军后代

他们在红星的光芒照耀之下

昂首阔步,奔向美好的未来

1960年,妈妈生下了老十一,取名为赵勇,小名叫幺幺。

那时老三还在延安,爸爸妈妈在南昌总共有十个孩子,开始了像小幼儿园一样的生活。

爸爸妈妈带着老十、幺幺两个最小的孩子住一间房;老四、老八两个女孩住在一间小房间里;老大和我住在楼下一个小房间里;其余老五、老六、老七、老九四个男孩子,挤在大房间的一张大绷子床上。

孩子多,故事也多,但大家很团结,做起事齐心合力。

穿衣方面,哥哥、姐姐的衣服穿小了给弟弟、妹妹穿,弟弟、妹妹甚至巴不得哥哥、姐姐早日把衣服换下来,自己穿起来更加神气活现。

吃也不用愁。虽然以菜煮饭、稀饭为主,但基本上能吃饱。开饭时人多,十分热闹:只听见一阵碗筷声响,如风卷残云一般,饭菜被吃得精光。

玩的集体项目也很多,一起去摸河蚌和螺蛳、到江边游泳、开荒种红薯等。下面讲几个有趣的故事。

在一个节假日,大家回来得早,也不急于做作业,于是到爸爸妈妈房间去看妈妈怎样给幺幺换尿布,怎样用奶瓶喂奶。

这下弟弟们来劲了,这个摸着幺幺胖乎乎的小手、那个摇动着幺幺肥嘟嘟的小脚,这个揪揪幺幺红扑扑的脸蛋、那个逗幺幺说话……热闹得不亦乐乎。

妈妈一般不会干涉这些小哥哥小姐姐们对宝宝的亲昵行为,只是会制止哥哥们揪小弟弟脸蛋,说这样会弄得弟弟将来老流口水,于是哥哥们转而又去逗刚刚会摇摇晃晃走路的十毛。

过了一会儿,大家又把注意力放在房间的其他的物品上了,其中有一个大的搪瓷缸里面泡了很多茶叶,水的颜色都变成棕红色了,大家就轮流尝一点。哎呀,好苦!可妈妈说茶叶可以提神醒脑,还可以消火。

有这么好?正好大家都渴了,一个个跃跃欲试。于是你一口,

我一口,转眼把一大缸茶都喝完了。

等上床睡觉时,大家才发现出了问题。刚开始是精神特别的好,不管是干什么都觉得精神焕发;到了睡觉时间,翻来覆去就是睡不着。这下麻烦了,明天还要上课,这可怎么办呢? 于是派代表去问爸爸妈妈,才知道原来这正是喝茶提神的功效。得过好几个小时,功效才会慢慢消散。于是,弟弟们只能在床上想东想西、练翻身功来度过这个难眠之夜。

从此我们都知道了晚上睡觉前是不能喝茶的,尤其是浓茶。

还有一件事,让孩子们记忆深刻。

从小时候开始,爸爸妈妈就要求我们守规矩。在家里起床、睡觉、吃饭都要守规矩,学习更要守规矩,即使做家务劳动等也要守规矩。如果违反规矩,被骂几句是最轻的;被打手掌、打屁股也是有的,说明大人是真正生气了,需要认认真真、仔仔细细地检讨自己。

有一次,我看到了这样一件事:

那是一个节假日的第一天。下午弟弟妹妹们放学回到家,难得的几个休息日让大家都非常兴奋。

老四、老八两个妹妹,抓紧时间玩着小沙袋。

老九、老十在几个房间中穿梭着,玩躲猫猫。他们一会儿床上床下,一会儿门里门外,兴致勃勃,越玩越有劲,笑声也越来越大。

老五、老六、老七正高谈阔论,讲自己怎样用自己兄弟多吓退了那些想欺负他的人；讲有个同学上课睡觉，被老师用一个粉笔头丢过去打醒了；讲老师怎样用不文明的语言骂顽皮的同学。讲得眉飞色舞，滔滔不绝。

一时间，只听见楼上"咚咚咚咚"跑来跑去的声音和嘻嘻哈哈的嘈杂声。

大家玩得正热火朝天，只听见小弟弟突然叫了一声："爸爸来了！"

如同一声令下，大家嘻嘻哈哈的笑声戛然而止。耳边传来了爸爸正上楼的稳重的脚步声。

大弟弟反应最快，赶快抓起门后面的扫把扫起地来；小妹妹也机灵地拿起一块抹布在桌子上抹着；一个小弟弟连忙整理桌子上凌乱的物品……

爸爸威风凛凛地走进房来，见弟弟妹妹们都在做事情，就用四川话问了一句："你们这些娃子刚才都在干啥子嘛？那么吵？"

弟弟妹妹们心有余悸，都装着埋头干活，不敢回答，然后都悄悄地转移到爸爸不在的那间房去；爸爸走到那间房，他们就又从那间房跑去其他房。

爸爸突然冒了火："你们这些娃子怎么一个个躲着我？问你们问题也不回答，你们到底要干啥？"

于是，除了一直在楼下做作业的我，其余的孩子都被爸爸叫到了跟前站好。爸爸开始了训话：

"第一，做人要实事求是、表里如一。不要大人不在时疯玩，大人来了就装样子干活。"

"第二，任何时候都不要影响、妨碍别人。跑得咚咚响，大声喊叫，都是损人利己的行为。"

"第三，做事要认真。拿根扫把东扫一下、西扫一下叫敷衍塞责,拿块抹布东抹一下、西抹一下是鬼画桃符。做样子是既骗别人,也骗自己。"

"今天的行为,你们都好好反省一下,下一次不能再犯。"

训完话,爸爸叫我陪他下几盘象棋。

我那时不太会下,正好让爸爸多赢几盘,高兴一下。

为了发泄弟弟们用不完的精力,提高他们观察新事物的能力,扩大他们的视野,我决定到公司食堂借一辆三轮车,载着四个小弟弟来一次"夏令营"。

我奋力骑着车,经过八一桥,一直骑到了梅岭的山脚下。一路上不畏干渴、日晒等艰辛,硬是把这一车弟弟们载到了梅岭山脚下。

我把三轮车放到山下一个小商店的门口,并请店老板帮忙照看;然后,带领大家爬山。登攀上梅岭后,四下望去,只听见弟弟们欢呼声一片。

一大片茂盛的竹林里,到处是郁郁葱葱的新竹,有的足有碗口粗,十分阴凉;远处生长着一片参天大树,几乎把阳光都遮住了;绿树成荫,山地嶙峋,再加上环境优美、空气清新……

兄弟们又蹦又跳、又唱又叫,不晓得有多高兴!

他们在山路上采野花,摘树叶,捉蚂蚱,追蝴蝶……

到了大路旁,我掏出平时不舍得用的五分钱,让每个弟弟在街道旁喝了一分钱一大碗的山茶水,然后大家一同慢慢走回三轮车

处,我又把弟弟们安全载回家。

一路上,弟弟们兴致勃勃、谈天说地,非常开心快活;回到家,他们还叽叽喳喳说个不停,让没去成梅岭"夏令营"的兄弟姐妹们心里馋得不行,纷纷要求非去梅岭"夏令营"不可……

以后的每一个暑假,我都会带他们去梅岭"夏令营"狂欢两次。

就这样,我们渐渐地长大了。

填饱肚子是件大事

可能是看多了战友们的牺牲,爸爸妈妈总想多生几个孩子,长大后为建设新中国做更多的贡献。

1955 年,全国实行军衔制的同时实行工资制,爸爸妈妈都是红军,两个人发的工资比一般职工要高出几十元,但孩子太多,工资平均下来也就不多了,经常入不敷出。可爸爸妈妈不愿意给组织上增添麻烦,为了抚养这些孩子长大,想了很多办法,尽力让孩子们吃饱、穿暖、健康成长。

爸爸妈妈要求我们从小要勤俭节约、艰苦朴素,决不允许挑食和浪费粮食。因为口粮不够,我们全家去开荒种红薯,一个个晒得像红头虾子似的。夏天,我们几个大一点的孩子还会顶着烈日到抚河桥下齐腰深的河中去摸河蚌、螺蛳,有时还会抓到一两条小鱼,装在扎住裤脚的长裤中背回来,然后帮着大人清洗、烹调——还能享受到一顿美餐。

　　家里小孩多，有时吃饭就像在抢饭。吃慢了，或者来晚了些，常常不是饭吃完了就是菜吃完了。如果没吃饱，大孩子就要自己去弄，比如煮点面条，但要自己擀面条，太费事。再不然就去做点面疙瘩，但面疙瘩的软硬、大小并不好掌握，更谈不上好吃。如果有剩饭，那就好办，到泡菜坛里捞上一根萝卜条或者一片洋白菜，能下饭吃就行；如果愿意弄，还可以回锅炒一下；再懒一点，拌点酱油也是能吃完饭的。

　　大热天，剩了饭，第二天就会有馊味。妈妈一定会用水冲洗一下，然后自己煮了吃。这让大家很受教育，从小懂得不能浪费粮食。

　　为了让孩子们吃饱饭，爸爸还跑过一两次饲料厂，买碎米回来。那是喂猪的精饲料，里面的沙子、糠皮、带皮的谷粒多一些，但只要多淘洗几次，尽量不用底下的沉渣，还是能解决一些口粮问题的。

　　由于家里人多，平时吃的都是大锅饭。我记得爸爸请人专门用铜做了一个鼎罐（大圆肚，上面有盖，旁边装有两个大圆环），主要用来煮稀饭。这种鼎罐装得多，重量又轻，方便好用。还有一个大铁锅用来炒菜，以及煮南瓜饭、红薯饭。

　　因为男孩多，胃口又好，定量的口粮肯定不够，只能多吃蔬菜。家里经常做包菜叶子煮饭、南瓜焖饭、红薯焖饭等。开饭时，一群孩子一窝蜂涌上去，那架势就像在抢饭吃。常常是等孩子们都吃饱了饭,爸爸妈妈才来点人数。

一次,爸爸因为开会回家时间晚了点,孩子们在饭桌上等得着急。等爸爸一上桌,大家就迫不及待地开吃,很快一个个就吃得肚子圆圆。

这时,爸爸说:"好像少了个人。"于是开始从大往小点数,一点就发现少了"十毛"(即老十)。

爸爸问孩子们:"十毛哪里去了?"

大家面面相觑,都说不知道。

爸爸一声令下:"快去找!"

于是吃饱了饭的孩子们就神气活现地向各处出发了。有的到宿舍楼找,有的穿过小路到公司的办公楼、操场、食堂找。

很快,上楼找的兄弟下来说:"楼上没有!"还信心满满地说:"床下我都看了,也没有。"

又过了一会儿,宿舍通往公司的小路上人声鼎沸,看来是找到人了。

果然,没多久,几个打着赤膊的孩子押着低着头、灰溜溜的十毛走了进来。大点的哥哥叽叽喳喳地说道:"他在楼梯下的油桶上睡觉呢!弄得我先往楼上跑,发现除了一两个房间有人外,都已经下了班,关着门。跑了几层楼后只好下来,下完楼梯,转弯时突然发现楼梯下有几个油桶,上面躺着一个人,一看,原来是十毛!"

看着羞羞答答、迷迷糊糊的十毛,大家不由得哄笑起来。于

119

是,在"快吃饭,快吃饭"的督促中,十毛就着泡菜,吃完了饭。

弟弟们好动,肚子容易饿。有一次,两个小弟弟跟我说,公司旁边的商业职工医院里面,可以开处方要糠饼子,要我带他们去找医生开一个吃。

我没有听过这种事,不知道是真是假,就带他们去了。

到医院一问才知道,真是可以开糠饼子吃!但这是开给吃了太多菜煮饭而导致脸上出现浮肿的病号吃的。

两个弟弟听说后,在一旁抢着说自己的脸肿了,还用手扯着脸皮往外拉让医生看。医生看着他们这个样子,笑了起来,偷偷地跟我说:"我开两个给他们,很不好吃,但吃了也不要紧,里面大部分是糠。"

于是,两个弟弟喜滋滋地一人拿到了一个糠饼。

我掐了一点尝尝,觉得很刺喉咙,难以下咽;但两个弟弟却津津有味地三两口就吃完了。看着他们狼吞虎咽的样子,我知道他们是真的饿坏了。

妈妈的美食

记忆中,妈妈做的饭菜超好吃,一些美食令我每每想起来都垂涎三尺。

妈妈做的南瓜饭、红薯饭,芳香四溢、其味无穷。

只见妈妈先把南瓜或者红薯洗净,切成如东坡肉般大小,再把它们外皮朝下平放在大铁锅中,将另外煮得半熟的饭粒倒在放好的菜上,接着加水,直到可以盖住上面的饭粒;然后盖上大锅盖,锅盖的四周用浸了水的布条压住边缘,尽量减少漏气;锅下面开始点火,用大火烧。如果锅盖上的布条烤干了,则要及时用水浸湿后再铺上去。

等锅里的水基本熬干后,厨房开始飘出浓浓的红薯香或者南瓜香。这时,就可以把火灭了。过一会儿,锅盖上的蒸汽不冒了,就可以打开锅盖。锅中的干饭已是一片黄灿灿的诱人的颜色。这时,拿个大锅铲把下面的红薯或者南瓜铲上来,再与上面的饭拌一

下，色彩鲜艳、香气扑鼻，让人垂涎欲滴。

　　每次妈妈刚刚把饭拌好，还没来得及仔细欣赏这锅赏心悦目的南瓜饭或是红薯饭，弟妹们就争先恐后、一拥而上，把饭盛完了，就连锅巴也被刮得一干二净。

　　妈妈是四川人，经常会自己做泡菜。我们耳濡目染，也都学会了做泡菜。

腌泡菜讲究的是干净、卫生，否则做出来的泡菜就会变味，甚至变臭。

第一步，根据家中人口多少买一个适当大小的顶部有一个贮水的凹圈的泡菜坛子；把坛盖子扣入凹圈中再倒上水，坛内和坛外的空气就隔开了，里面的食物不易腐败。

第二步，用刚烧开的沸水把坛子里面淋一到两遍，对坛子进行杀菌消毒后，将坛子倒扣过来晾干。坛子晾干后，将开水放凉后倒入坛中。水只能占坛子容量的五分之一到四分之一。

第三步，用开水将二两盐、半两花椒（喜欢香味的话，可加一个八角、一小片桂皮）烫透放凉后放入坛中。

第四步，把剥去皮的干净的大蒜头、辣椒、藠头、刀豆、长豆角等洗净晾干，连同洗净切开并晾干水分（晒两三天最好）的萝卜、芽白、生姜等，一并放进坛子。盖上盖，加上封盖的水。三周以后，即可食用。

特别需要注意的是捞菜的筷子不能有油。泡菜太咸的话可加点糖，或者再加一些新菜吸取多余的盐分。如果水面出现白色泡泡，用勺子捞掉这些白色泡泡后，在坛子里加点白酒就行了。还有，坛子里水多时新加的菜晾干一些，水少时新加的菜可以湿一些，但不要有生水。加入新菜时从一边放入，以免使后加的菜腌制时间不够就被食用。也可以加一些腌制时间短的莴笋、嫩黄瓜、白

菜帮子等。总之,加入的种类越多越杂,食用时的味道越好。

你可以做做试试看哦!当你吃饭无菜或口里没味时,来上一块泡菜,又下饭又开胃,很是可口惬意呢!

妈妈还会做美味的豆豉。把黄豆煮熟透后,等里外都放凉了,再装入有盖的容器中。十多天后,豆子上会长出细长的白毛,再等几天,毛霉就长满了豆子表面。这时,就取平时弄这么多豆子所需的盐(可以略多一点),再与适合自己口味剂量的干辣椒粉搅拌均匀,在炒菜锅中用小火快速炒一遍杀杀菌,等凉了以后把这些辣椒盐倒入黄豆中,再拌均匀就行了。

还需找一位菜农讨点新鲜干净的稻草,去掉杂皮,再放到蒸锅中蒸;取出以后根据稻草的多少,每次挑出四到八根(草少取四,草多取八)干净的稻草为一组,然后把每组稻草的前端绑在一起;下面再来弄豆子,只要把一些豆子捏成一个个椭圆形的球,放在一组稻草的中间,且要保证豆球不会掉出来。在这个豆球的上面打一个简单的结,结的上面又可以放第二个豆球。就这样每组稻草可以固定三到四个豆球,接着往下装第二组豆球。

等把豆球全部做完,就用衣架或竹竿在阴凉通风处把它们一串串吊起来。等全部晾干了(也可以晒一两天,以不干裂为准),也就到了冬天了。需要吃的时候只要拿出一个球,切成片,用来炒已经爆香的腊肉片、熏肉片、新鲜肉片或者回锅肉片,那真是满屋飘香,让人垂涎欲滴。按照大家的说法,吃饭时,舌根都会吞下去。可见香气多么诱人!

妈妈还会腌制盐菜和萝卜条,会腌晒腊肉,也会用柏树叶子熏制熏肉。

妈妈做的蒸米粉,做粉蒸藕、粉蒸肉吃,别有一番风味。妈妈会酿甜酒(糯米酒),会蒸馒头、包子,会擀面条,会烙饼,会包饺子,能干的妈妈让我们的餐桌上丰富多彩。

虽然我们家没有鸡鸭鱼肉、山珍海味吃,但就是这些菜煮饭、南瓜饭、红薯饭,再加上妈妈做的四川泡菜、豆豉、腌菜、熏肉等,把孩子们一个个养得壮壮实实的。

从爸爸妈妈身上,我真正体会到了当年延安的"南泥湾精神",以及"自己动手、丰衣足食"的满足感。父母永远是我们学习的榜样!

抚河桥下摸河蚌、螺蛳

爸爸妈妈在南昌工作后，我同哥哥、弟弟到抚河桥下摸过河蚌、螺蛳。那是一次没有大人带领下进行的有收获的劳动，我们在身体、意志上都得到了很大锻炼，终身受益匪浅。

暑假的一天傍晚，我们看到邻居家的男孩不知从哪里捞回来一脸盆河蚌和螺蛳。他妈妈好开心，赶忙收拾河蚌，他则在大人的指导下把螺蛳屁股尖用老虎钳夹掉。

我们上前一问，才知道河蚌和螺蛳是他从抚河桥下面的河里捞的。那里有很多河蚌和螺蛳，很多人在那里捞。河的水位只有腰那么高，并不危险，只要用脚在水里面慢慢移动，脚碰到河蚌和螺蛳后，憋口气扎到水里把它们捞上来就行。

——有这么好的事？

其实，我并不喜欢吃河蚌和螺蛳。一是嫌它们太腥，二是不喜欢它们壳里面硬硬的肉。

没想到的是，哥哥听说后，决定第二天就要去。妈妈和大弟弟也积极支持。

看到他们兴趣盎然的样子，我也有了兴致：如果能捞到河蚌和螺蛳，家里人爱吃，自己也能得到锻炼；就算捞不到什么，能在浅水里玩玩也很好呀！

考虑到大哥已经在游泳队培训了一段时间，有较好的游泳技术，加上抚河桥下的水位不高，我的安全应该没有什么问题，于是妈妈同意了。妈妈又同意了坚决要求同我们一起去"战斗"的大弟弟的请求，他的理由是他可以帮我们照看"战利品"。

第二天早餐后，我们像往日那样穿件背心，再带了个小菜篮子就出发了。等我们从象山北路走到抚河桥时，已过了半个多小时，太阳已经蹿得老高了。抚河里，有十多个人把半个身子露在水面上，正在河床里"奋战"呢。

我们决定先挑人少的地方开始，于是就靠着抚河桥头下水了。大弟弟在堤边帮我们守着外裤和背心。

很快，哥哥就摸到了一个大河蚌，比我的一个巴掌还要大。这可给我"打"了一针"强心剂"，让我信心满满。我立刻按照哥哥所说的，一脚挨着一脚，像扫雷一样轻轻地扫着。

很快，我发现，别看河蚌没有眼睛和腿，但它会偷着逃跑。当

你的脚一碰到它,它就会喷水飘起来,并立刻在缓缓的流水中移动。当你再用脚去寻找它的时候,它可能已经顺着缓缓流动的水飘走了。

我用脚来回扫时,还会碰到小鲫鱼。当你一碰到它,它就会使劲一摆尾逃走,每次都把我吓一大跳。当然,鱼游开后你要想再找到它,那等于大海捞针。哥哥告诉我,水比较浑浊时,鲫鱼不会跑远,会立刻钻进泥里,但你千万不要用手压下去抓它,否则它就会把背鳍竖起来,扎得你痛不欲生。

我不时看到其他捞螺蛳的人,被鱼的背鳍刺痛得龇牙咧嘴,不敢再去抓鱼。据说这种痛会持续一整周,因为鱼鳍的刺含有一种毒素,被刺着可痛了。

不久,我脚就碰到了一个有棱线的东西,但是埋在河泥里面。我再用脚仔细确认了一下,确实是个大肚子的河蚌。于是我用脚趾头把河蚌两边的泥抠掉一点,感觉河蚌蛮大的。但我不敢再抠,怕抠出来的泥多了,一会儿它就飘走了。

于是,我吸了一口气,扎个猛子,进入水中。当我把这个河蚌抓到手里站起来时,几乎不敢相信自己的眼睛——这河蚌足足有我两个手掌大,简直是个河蚌王!这让我欣喜若狂,激发了赶快摸到更大更好的河蚌的渴望。

果然,就像哥哥分析的那样,抚河桥两个桥边缘的下方,也是

桥上最容易有东西掉下来的地方,捞的人不敢久待,正是河蚌最多的地方。很快,我们带去的小篮子就装满了。

看着已经把篮子都堆满了的战利品,我们没有其他可以装剩下的河蚌的容器了,哥哥看了一下我们的外裤,决定拿我的外裤来装;只要把两个裤腿口绑在一起就行了。我说哥哥的外裤长一点

也粗大一点，可以装得更多，但哥哥说他已经长大了，不能穿短裤走这么远的路回家，我还是个小孩，不要紧。没有办法，只好用我的长裤装。谁让他是哥哥呢！

不久，河蚌和螺蛳就把我外裤的两个裤腿也装满了。

就在这时，我的脚碰到了一条鱼，但它很快就钻到泥巴里去了。我闷了一口气，蹲下去用手顺着鱼的身子轻轻触摸了一下，确定是条鲫鱼，而且有手掌那么长。但我不知道该怎么抓，更不敢用手抓下去，这么大的鱼上面三个方向肯定都有鱼鳍，用手抓下去一定要遭殃。于是，我赶忙直起身子，叫哥哥过来抓鱼。

哥哥闻声过来，顺势就在我脚边乱摸，但鲫鱼早已不见踪影。好可惜呀，不过不管怎样，没被鲫鱼刺到就好。

一直摸到下午，我们才收工。由于摸得太专注了，我根本没有留意到，经过一天的暴晒，自己的皮肤已经黑了不少。

回家时，我只能穿着短裤和背心（短裤尽量一点一点拧干水）走在大街上，好在南昌的大热天这样穿很正常。哥哥把我外裤的两个裤腿一前一后搭在肩上，我和弟弟两个人共同提着篮子。

一路上，人们纷纷用稀奇的眼光看着我们仨！这让我们十分得意。

有人问："这么大的河蚌，哪里买的？"

我们神气地回答："抚河桥下捞的！"

我们就这样雄赳赳、气昂昂地走回家,一点也不觉得累,因为我们是胜利者!

放下战利品,我们又积极地投入到冲洗河蚌、螺蛳并将它们分类的劳动中。

弟弟妹妹们都拥上来说:"哥哥,明天也带我们去摸螺蛳,好吗?"

就这样,这个暑假,河蚌、螺蛳成了我们餐桌上的常客。

大种红薯

除了到抚河摸河蚌和螺蛳，为了解决一家人的吃饭问题，我们还在爸爸妈妈的带领下开荒种红薯呢！

1959年7月，孩子们都放了暑假。经过多处寻找，爸爸在李家庄仓库的西南角上，找到了一块未开发的荒地。

那是个星期天，万里无云，骄阳烤得大地火辣辣的，我们全家步行来到荒地上，一场种红薯的大会战开始了。

先要深翻地，据说地挖得深，就可以让红薯扎得深，长得大，长得多。

挖地时才发现，这里纯粹是一块废地。里面尽是碎砖、碎石、破瓦等建筑垃圾，而且杂草丛生，挖起来非常费劲。唉，若真有好地，哪还会等我们来开发呢？

在一声不吭、埋头挥锄的爸爸的带领下，荒地被一块块开了出来。爸爸妈妈和大点的孩子在前面翻地，在后面整地的小弟弟、小妹妹们要把挖开的大土块敲开弄碎,将土里的石子、石块挑出来丢到一旁,拔掉杂草,然后按照父亲示范的,把土堆成一垄一垄的,旁边还要开出一条排水沟,以便大雨时排水。

爸爸干起活来就是这么认真,他堆起的土垄像雕刻的一样平平整整,让我们不得不佩服,而且让我们也更加努力地向他看齐。

等要栽红薯时,我们拿来一看,原来就是发了芽的红薯!这在平时,我们看到发了芽的红薯,是要丢掉的。而现在,我们却把一个个发满了芽的红薯块栽到地里,这真让我们长见识呀!

父亲将上面长出红薯秧的薯块切下来种到土里,据说这样种下去,就可以长一兜红薯。红薯秧现在长得长点、粗点的,种下去后会生长得更快。

于是,热情高涨的我们开始在土垄上隔一段距离,种上一棵红薯秧,其他弟弟、妹妹们则在后面帮着浇水。

旁边不远处有一个水塘,可以到里面提水,大家各显其能。

爸爸交代我们,种红薯第一次一定要浇透水,确保有足够的水分供应红薯秧苗根部生长的需要。

午饭时间到了,父亲到仓库食堂买了饭,菜只有又厚又老的包菜皮子,但因为又累又饿,大家把饭菜吃了个精光。

中午吃饱了,下午大家干劲更足了。而且有了经验,速度也快了。到下午四点左右时,红薯秧就全部种完了。仓库叔叔答应会帮我们照看红薯地,大家就兴高采烈地踏上了归途。

我们回到家,洗完澡后,又聚到了一起,开始叽叽喳喳谈起哪个做得多、哪个做得好、哪个晒得红等,毫无倦意。

第二天,晒红的皮肤开始火辣辣地刺痛起来,疼得厉害的地方连碰都不能碰一下。这下兄弟们可傻眼了,一个个哭丧着脸去问爸爸妈妈怎么办?大家得到的回答是:"不要紧,过几天就会好的。"实际上,过了十天左右,等脸上脱了一层皮,才算好了。

过了一周,爸爸带我们几个大点的孩子又去了红薯地,红薯秧已长长了不少,这让我们很高兴。于是大家又按照爸爸教的,学习翻藤,让薯藤透气,接着浇水,不让薯藤干枯……直到把整块地都弄完才回来。后来我们又去了几次。到秋天的时候,我们就要去收红薯了。

这次又是全家出动。

因为马上能挖到自己种的红薯了,大家都很兴奋。但开始挖了,才发现不是那么回事。我们在挖断了几个红薯后,才知道要顺着红薯的根茎去挖,这样就不容易挖坏红薯了。

就这样,兄弟姐妹们分工协作,挖的挖、拣的拣,干劲十足。很快,孩子们就按着大小分类,堆了好几堆红薯。有的弟弟、妹妹还忍不住馋劲,洗净一个小点的红薯就生吃起来,吃得津津有味。

最后,我们总共装了三四麻袋红薯带回家吃。剩下的估计也有几麻袋,则是留给仓库里的职工的,感谢他们平时帮我们照看红薯地。

通过这次劳动,我们深深体会到:劳动可以创造一切,不劳动者不得食。只要肯付出,就会有收获。

我长大参加工作以后,曾经住过一段时间一楼的宿舍。宿舍外有一个小小的院子。这让我在爸爸的影响下养成的劳动习惯有了发挥的余地。

　　我栽过南瓜,看到南瓜藤上隔一段结一个南瓜,再隔一段又结一个南瓜,最后藤上爬满了南瓜。据卖菜的老农说,只要下的肥料足,可以结一两个月的瓜,很划算。

　　我还种过丝瓜、花生等,也是用我手中的种子来体会劳动乐趣,顺带观察一些农作物的生长过程。不一定非得结许多果实,但获得了劳动的快乐就行。

　　有一小块地,真好!

童年的游戏

我们家小孩比较多,玩的游戏样式也多。

我们家有十个孩子,每个孩子还会带自己的同学来家里玩,加上爸爸妈妈的同事、战友的小孩、邻居的孩子,家里总是满满当当的。我们玩的游戏非常多。不管是室外、室内,还是桌上、地下,甚至在床上,都有孩子在玩游戏。

赛跑。爸爸妈妈所在的公司有两栋宿舍楼,中间有一个院子,从一头跑到另一头有二三十米。对小孩来说,比一比谁跑得快也是一件高兴的事。两人一组比赛,赢了的人再进入下一轮比赛,这样就可以决出谁跑得最快了。

跳鞍马。一个小孩弯下身子,低下头,把两只手撑在大腿上,就成了一个"鞍马"。根据游戏要求,当"鞍马"的小孩用身体弯曲的高低来表示鞍马的高低。只要跳的人跑过来,两只手撑着"马背"跳过去,就算成功!当然,玩这个游戏得做好保护工作,以免摔

137

伤人。

举重。院子里有小板车用的轮子,抓住两个轮子中间的杠子,把两个轮子举起来,就相当于举重了。只要是看过或者玩过举重的人,都可以玩这个游戏。这个游戏主要是练姿势、练要领,以及怎样将轴杆转到肩上,怎样举起来,并不在意重量,每次大家都玩得不亦乐乎。

撞拐(又叫斗鸡)。这个游戏最少要两个人一起玩。玩的人把一条腿弯起来,靠在另外一条腿上,用单手或双手拉住,然后就靠一条腿来跳,用膝盖去撞对方。只要把对方弯的腿撞下来了,或者把对方撞得站不稳而放了手,就算是赢了。这个游戏很锻炼身体,大冬天玩最好了,因为穿的衣服厚,不会撞伤人,也不会撞痛;另外,大家跳来跳去,身上发热,就不冷了。

墙边倒立。大家一字排开,靠着墙,两手撑地,喊"一二三",大家都用脚点一下地然后靠墙倒立起来,谁坚持的时间长,谁就赢了。或者按照年龄大小排列,小弟先倒立过去,腿张开,第二个再倒立,又张开腿,以此类推,最多到第四个,因为人多了弄不好会倒在一起不安全。这种玩法也就达到了大家一起玩的目的。

跳绳。主要是女孩子玩的游戏,但我们男孩子有时也会参与。我们会玩一些有力度的,跳几下就穿过去的,互相穿插着玩的。

滚铁环。一般是拿一个坏了的木桶或木盆的箍作为铁环,但要挑环上没有凸起的疙瘩的,这样容易滚动;再找一根长的粗铁丝,一头弯一下做个手把子,另一头弯一个比铁环宽一点的凹槽。如果没有长的铁丝,就把弯了槽的铁丝绑在木棍上也可以。滚铁环有两个要领:一是凹槽要放在铁环中心线下面,才能推动铁环走;二是铁丝不能太长也不能太短,以手拿铁丝不用弯腰就能推转铁环为最佳。能把铁环用铁丝推动向前滚动,也算一个技术活。娴熟的话,能滚大圈、滚小圈,甚至拐弯、走 S 步。

打玻璃球。这种游戏只能在有土的地上玩。在地上挖三个可浅可深等距离的洞。从第一个洞开始,将玻璃球用手指弹入第二个洞。如果进了,则可以去进第三个洞;进了第三个洞又回到第一个洞后,允许从洞口边缘用大拇指和中指往外画一个圈,从圈线向第二个洞弹玻璃球;又同样完成一轮后,可以用手掌画第二个圈,再把玻璃球从第一个洞的二圈线弹向第二个洞时,则离第二个洞口更近了。中间任何一步没完成,机会就要让给对方。先完成任务者为赢家。如果地方大,可以把三个洞挖得距离远一些,这样要把玻璃球弹进洞就不是那么容易的事了。

打陀螺。当年在街上的小摊上,可以买到一种小小、尖尖的陀螺。只要再找一根结实的绳子绑在一根棍子上就行了。然后先把这个陀螺用双手扶住,让尖尖上的铁钉靠住地,再一左一右用手带动让陀螺在地上转起来,接着用绳子不停地抽打陀螺就行了。谁的陀螺转的时间久,谁就赢了。

风铃(又称响铃)。这是一个像哑铃一样的东西,现在已经用

塑料来代替了。用两根棍子牵着一根绳子,通过来回扯拉让风铃转起来;转得越快,风铃的响声就越大。还能在腿上腿下、身前身后地转,哑铃上面系着一根长红绸,花样繁多,五彩缤纷,煞是好看。谁的技术越高,玩得时间越长,花样越多,获得的喝彩就越多。

丢沙包。用一块布缝成小布袋,装满沙子,大小以一只手可以抓住五个沙包且沙包不会漏沙为准。玩时先把五个沙包撒开在桌子上,挑一个当"佬",一只手把"佬"丢起来,然后赶快用这只手的两个手指捏起一个沙包再翻手接着"佬",把这个沙包放到身前,又去捏第二个;全部抓完后开始第二轮,沙包撒开后每一次要抓两个沙包起来。成功一轮后就要抓三个、四个。最后抓起五个沙包者赢。

搭佬。这是用香烟盒子折叠成的三角形或者四方形的纸包。放在地上,先猜拳,赢了的就用自己的"佬"往地上的纸包拍去,如果拍翻了地上的纸包,该纸包就归你。赢得多的当然就是赢家了。

飞画片。先到小摊贩那里买一张连版画片,把它剪成一张张画片;比赛时,一人放一张画片在地上,猜拳赢了的先把画片在墙上放一定高度,用一个手指头压住,估计好距离和高度,一松手,画片就会翻转着往下飘;如果压到了地上的画片,则该画片归你,没碰到则地上又多了一张画片。

挑冰棒棍子。记得当年街上卖一种挑棍子的玩具,里面是一根根彩色细木棍,两个人平分木棍后,猜拳赢了的人,先拿着两人各出了一半的棍子,撒开到桌子上,然后用你的一根棍子开始挑互相压着的棍子,挑一根出来时不能碰到其他棍子,否则算失败。因为棍子少,玩得不过瘾,就有人开始用冰棒棍子。自己家用过的冰棒棍,洗干净,再用蒸气蒸一下就可以用了。技术精湛的可以赢得一大把冰棒棍子。

打乒乓球。饭桌、书桌、拼在一起的两个凳子都可作为打乒乓球的场地,或者干脆一个人对着墙打乒乓球。只要能将乒乓球打出去和弹回来的地方,都有我们的身影以及乒乓球撞击的声音。有时星期天我们还会到爸爸公司里的一个乒乓球桌上练习,没有乒乓球网就拿块木板,两边用书顶住木板,来代替球网。一个人一直朝上打乒乓球也是一种练习方法。

玩泥巴。如果有地方在搞基建,我们就可以弄到一些泥巴,那也有很多种玩法。可以做成小房子、大炮、坦克、飞机、汽车等各种东西,我还学习别的小朋友做过蟋蟀屋,里面分上下两层,有进出口、打架场、盖子等,虽然做起来很费时间,但很好玩。

抓麻雀。这一般是在下雪天,麻雀要找东西吃的时候才能玩的。只要找一个竹编的罩子,再去弄一根绳子,在一头绑上一根小棍子,在雪地里扫干净一小块地,在地上扣上竹罩,竹罩下面撒上一把米,然后拿那根小棍子把罩子竖起来,撑住罩子的一边,把绳子从门缝或者从窗缝中牵到屋内,等麻雀从罩子外慢慢跳到罩子里时,赶快拉绳子,罩子就会扣下来。最后把罩子开一条缝,到里

141

面抓麻雀就行了。

做火药枪。哥哥做过一把火药枪。在一把木头枪上用粗铁丝弯了一个撞头，用粗橡皮筋拉着，当"扳机"扣下后，拉开的粗铁丝转动，粗铁丝头打在火药片上能发出响声就行了。后来又改进成用一根粗铁钉当枪栓，用皮筋拉着，把铁钉拉向后面用挂钩挂住；"扳机"松开挂钩时，铁钉就会打响火药纸。

除了上面的游戏，有时我们会一起约去赣江边游泳，到郊区的野水塘钓鱼、摸螺蛳。就像前面介绍的，我们几个兄弟曾经到食堂借了一辆三轮车，轮流骑着去梅岭玩。

女孩子一般在家里玩跳绳、跳房子。后来又有一段时间流行跳橡皮筋。在屋里，还会玩翻手花，即是用一根两头连上的绳子，两个人互相在手上的五个指头间翻出各种花样来。

晚上，孩子们上了床以后，还有各种各样的玩法，可以做俯卧撑、仰卧起坐，可以在床上练空心倒立、下腰，还可以练前滚翻、后滚翻。总之，即使在床上，我们的玩法也层出不穷。

通过这些游戏和活动，我们在德、智、体各方面都得到了充分的发展。我们的一生都要感谢童年的游戏带来的快乐与幸福，它使我们终身受益。

竹床小夜曲

飞翔的翅膀,杂乱的思想
此刻都栖息在清凉的夜晚
当然还有妈妈的大蒲扇
还在一下一下拍打着童年

我小时候睡过竹床,也睡过竹板床,竹板床比竹床轻巧、方便一些。

二十世纪五六十年代,南昌市到了夏天就是一个"火炉",到处热得烫手。一到晚上,人们都涌到大街旁边睡觉。中山路、象山路、民德路、赐福巷的人行道或路旁,排满了各式各样的竹床、竹板床、木板床,大家都睡在外面乘凉。

这与延安迥然不同。那里的窑洞冬暖夏凉,夏天屋子里比较凉快,床上最多垫一个草席,用不上竹席。当然,大西北没有毛竹,更

别说竹床了。

那个时候,吃晚饭前的第一件事就是到晚上乘凉睡觉的地方浇水降温。先提一桶水,浇在热烘烘的地上,地上的水分蒸发后,继续浇水。大人说,浇水可以带走地上的热气,但人躺下后,地上不能是湿的,否则容易得风湿病。

吃完晚饭,人们就摇着蒲扇,坐到室外的竹床上了。大人小孩坐在竹床上讲故事、说笑话,互相之间打逗调侃,笑声不断。还可以看到小孩子们在拼接在一起的几张竹床上面欢快地跑来跑去。一两个小时后,孩子们睡着了,只剩下大人给孩子打扇子的声音,以及女人之间压低声音的交谈声。平躺在凉凉的竹板床上,真是凉爽、惬意呀!

过了盛夏,蚊子开始多了,人们会在竹床的四个角上绑上四根细竹竿,挂张蚊帐,防止蚊虫叮咬。到了后半夜开始有凉风时,为了防止被早上的露水打湿身子引起疾病,大人们会把大孩子叫醒,催促孩子们回房间睡,太小的孩子则直接抱进屋里睡。

接着,大人们就要收掉竹床和竹板床。由于第二天晚上还要用,一般都会堆放在大门口的两侧。只要堆得下而且不影响行走,大家都没什么意见。当时宿舍是单位上的福利分配住房,都是三到四层的高度,住户也不算多,大部分人家都没有锁门的习惯,也很少发生东西被偷的情况。

我还记得那时的场面:象山路、民德路、赐福巷两边都睡满了

人，即使到了清晨，也还有一些沉睡的男孩子，有的则身上盖着一床防晨露用的床单。

真怀念那时的生活，用具简单，生活清贫，人与人之间友好、淳朴、和睦。在闷热的夏天，男女老少都坐在冰凉的竹床和竹板床上，东南西北地侃大山。人睡在外面，家中的门一般也不关，一片

祥和的气氛。

现在,家家都用空调,竹床和竹板床已经不见踪影了。有一次,我想重温一下睡竹板床的感觉,于是睡在麻将席上,同时打开空调,异常的凉爽。

可我还是有点想念当年的竹板床……

板车协奏曲

爸爸刚进省储运公司工作时，曾经住在南站仓库水塘边的简易房中。在这期间，我认识了仓库一位工程师的儿子——虎儿。我俩年龄相近，相处得很融洽。

有一次，虎儿找到我，要我同他一起去"兜车子"——帮助来仓库拉货的大板车车主推车或者拉车。看到他那殷切期盼的眼神，我不忍心拒绝，就答应了。

第二天，他穿戴整齐来约我。他穿着白衣裳、蓝裤子、白球鞋，还系着红领巾，非常清爽、帅气。我也按照他的要求，穿了白衬衣、蓝裤子，戴上红领巾，意气风发地来到了发货仓库门口。

仓库门口有几个板车车主手里正拿着提货单在排队等待，有一辆装满货的大板车正好要出发了。我俩走到了这辆大板车车主面前，看见车主是一位三十岁左右的年轻人，穿着粗布白褂子、洗淡了的黑裤子，短头发，脸庞清瘦，皮肤黝黑，看上去很精神。

当虎儿提出要帮他推车时,他看着我们两个初出茅庐的"红领巾",笑了笑说:"怎么啦,小朋友,来做好事啦?这种拉车的活又晒又累,你们能行吗?"

我们赶忙说:"行,行!我们参加过很多劳动,还搬过仓库呢!"

他用怀疑的眼光审视了我们一会儿,接着说:"我可没什么钱给你们,你们也出不了什么力,帮不了多少忙。"

看到有希望,虎儿立刻就站到板车拉手旁边,拿出一根粗麻宽肩绳(看来他早就做了准备),一头绑在车身上,另一头挂在肩上。因为主要用双手拉车,上坡时,如果有帮手将宽肩绳挂在肩上使劲拉,可以增加拉力。

就这样,虎儿在车旁边帮着拉,我在后面帮着推。由于我们非常卖力,大板车很轻松地走出了仓库,很快就上了大路。车主一面控制住方向,一面着急地说:"不要这么用力,你们会吃不消的!"

但我们把这当作是鼓励,更加卖力地推拉着车。

果然,在太阳的暴晒下,不一会儿,我俩就口干舌燥、汗流浃背了,但依然干劲十足。

很快,到八一大道上的百货大楼时,我们就超过了前面先出发的那辆大板车。那位车主看到我们快速地前进,羡慕地问我们的车主说:"你从哪里找来两个'红领巾'呀?"

我们车主说:"他们是来帮忙的。"

"多少钱呀?"

"半义务劳动!"

看到其他车主投来赞赏的目光,我俩更加用力地推拉着车。这时,车主也不用弯腰使劲拉车了,他基本上只需直着腰,手上再用点力带着,把握好方向就行了。

转弯到了阳明路上后,我和虎儿调了个位子,我拉他推。上八

149

一桥不久,我们又赶上了更早出发的一辆大板车。这让我俩无比自豪,因为我们的加入,这辆大板车超过了两辆大板车。

我学着大人的样子弓着身子使劲往前拉,也没有感觉特别累,虎儿在后面用力推,不一会儿,大板车就越过了八一桥的最高点。

当大板车开始往下滑行时,车主还要时不时拉点刹车,防止大板车速度快了方向失控。

过了八一桥,接着向右转弯后,车主停了下来,说就到这里。他对我俩大大地赞扬了一番,然后从口袋里掏出钱,给了我们每人五分钱,就自己拉着车去昌北车站了。

我俩拿着远远低于预期的劳动报酬,先用两分钱买了一根白糖冰棒解渴,然后走上八一桥回家。

当有大型运输船、客轮或者拖着一长串竹排的拖船、挖沙船、运煤船等从桥下穿过时,我俩都会停下来,从桥上大木板的缝隙中,仔细地看着它们一一驶过。

为了解渴,我俩在桥上又各买了一根两分钱的冰棒。最后两人还各剩下一分钱。我快到家时,把我的最后一分钱给了虎儿,让他在路上买冰棒吃。

这次"兜车子"的劳动经历,永远留在了我的记忆中。

回忆圣地

是什么精神与旷世勇气

形成这一支神奇的军队

纵然天空聚集层层乌云

总会有红星去创造奇迹

我出生在延安,延安是我的母亲。

延安,坐落在绵延起伏的黄土高原上,有着纵横交错的千沟万壑。

1935 年 10 月,中央红军经过艰苦卓绝的二万五千里长征,终于胜利到达陕甘宁革命根据地——延安。

在这里,我们的党和人民军队得到了全面的发展壮大,形成了以毛泽东同志为核心的第一代中央领导集体,造就了一大批德才兼备的革命人才。

　　为了保家卫国,大批文化青年、作家、艺术家、工人、农民等,不惜冒着生命危险,跋山涉水,闯过水深火热的敌占区,从四面八方奔赴革命圣地——延安。他们之中,有的是舍弃了富裕的生活,为了革命理想而走向延安的志士仁人。

　　当年在延安,虽然物质匮乏,但在解放区人民眼里,这里没有剥削,没有压迫,人人都当家做了主人。人们不管是在劳动、工作、生活、学习,都知道这是为了革命。这里就是和平、幸福的天堂。休闲时间,战友们拉着用杂木、藤圈、晒干的羊肠线、电线芯等物品做的乐器,自拉自唱起《延安颂》《流亡三部曲》《大刀进行曲》《义勇军进行曲》《在太行山上》等革命歌曲,让人精神焕发。

　　战士们在表演时,不仅有独唱、合唱、男女声二重唱,还会唱京剧、秦腔,加上独具一格的诗朗诵、相声和双簧,自编自演、简单、短小、精干的活报剧,以及腰鼓舞、秧歌舞、快板、三句半,层出不穷、丰富多彩。

　　我记忆中的延安,工作时间看不到闲逛的人,休息时看不到愁眉苦脸的人;节假日更是空前热闹,一片欢腾。郁郁葱葱的凤凰山、清凉山、宝塔山,如巨人般巍峨耸立着,象征着人民的力量势不可当、延安精神永世长存。

　　许多从延安出来的人,包括我们这一代在延安出生的人,对延安怀有深厚、特殊的感情,都把延安当作革命圣地,念念不忘。我每次到延安,都有一种久别的游子回归故里、离散的孩童投身到母亲怀抱的感觉。

看到延安，仿佛就看到了无数先烈们浴血奋战的场景，心中就涌出无限的怀念和无穷的崇敬。

谈起延安，就让人无比激动。人们对延安的赞美、向往、歌颂之词喷涌而出，如"慈祥的母亲""亲爱的妈妈""难忘的故乡""革命的摇篮""成材的熔炉""一棵长青的树""一盏最明亮的灯，一束最灿烂的花""一首充满青春、欢乐、阳光和战斗的诗歌"等等。我觉得，无论怎么比喻都不过分，都令人感到温暖、亲切。

延安精神已融入我们血肉，成为一种潜在力量，不论是老一辈，还是新一代，都用自己的一腔热血、一片赤诚凝聚成了牢固的延安情结。这种情结，它像永不熄灭的火炬，世代相传，光照千秋！

每当我痛苦、悲伤的时候，就会想起延安的巍巍宝塔山，心中便充满了信心，获得了一股巨大的力量。这是一种坚持到底的力量、克服一切困难的力量、焕发青春的力量。有了这种力量，可以无难不克、无坚不摧、无关不过。这就是延安精神的力量。

那些革命领袖的英雄气概和革命豪情，那些革命战士的拼命精神和顽强意志，都体现了延安精神。

他们的每一个坚毅、刚强、果敢的动作，每一句振奋人心的豪言壮语，每一张发自肺腑的灿烂笑脸，每一件可歌可泣的英雄事迹……总浮现在我眼前，鞭策我奋勇前进。

这时，我会情不自禁地唱起《延安颂》。

是的,延安! 在中国革命的历史长河中,你不仅是巍峨的革命圣地,高耸的革命里程碑,还是一部划时代的中国革命史诗!

啊,延安,你肥沃的土地将瓜果满园、五谷丰登,你淳朴的人民将精神昂扬、奋发向上,你壮丽的名字将日益辉煌、万古流芳!